www.lenos.ch

Iman Humaidan

Andere Leben

Roman aus dem Libanon

Aus dem Arabischen übersetzt
und mit einem Nachwort versehen
von Regina Karachouli

Lenos Verlag

Die Autorin
Iman Humaidan, geboren 1956 in Ain Anub südlich von Beirut, studierte Soziologie an der Amerikanischen Universität Beirut. Sie hat vier Romane und diverse Kurzgeschichten veröffentlicht sowie Drehbücher verfasst. Zudem unterrichtet sie an europäischen und nordamerikanischen Universitäten Arabisch und Kreatives Schreiben. Sie ist Mitgründerin des libanesischen P.E.N.-Zentrums, dessen Präsidentin sie seit 2015 ist. Iman Humaidan lebt in Beirut und Paris.

Die Übersetzerin
Regina Karachouli, geboren 1941 in Zwickau. Studium der Arabistik und der Kulturwissenschaften in Leipzig. Promotion über Dramatik und Theater in Syrien. Von 1975 bis 2002 Lehr- und Forschungstätigkeit am Orientalischen Institut der Universität Leipzig. Übersetzerin zahlreicher literarischer Werke aus dem Arabischen (u.a. von Sahar Khalifa, Alia Mamduch, Hanna Mina, Sabri Mussa, Alifa Rifaat, Tajjib Salich, Habib Selmi und Nihad Siris).

Die Übersetzung aus dem Arabischen wurde aus Mitteln der Schweizer Kulturstiftung Pro Helvetia unterstützt durch litprom – Gesellschaft zur Förderung der Literatur aus Afrika, Asien und Lateinamerika e.V.

Der Lenos Verlag wird vom Bundesamt für Kultur mit einem Strukturbeitrag für die Jahre 2016–2020 unterstützt.

Titel der arabischen Originalausgabe:
Ḥayawât uḫrâ

LP 190
Erste Auflage 2017

Satz und Gestaltung: Lenos Verlag, Basel
Umschlagfoto: Keystone
Printed in Germany
ISBN 978 3 85787 790 2

Für Inaâm und Majj,
die auch in ihrer Abwesenheit
stets anwesend sind

»When will you be back home?«, fragte er mich, unterwegs zum Flughafen Mombasa.

Ich hatte nichts gesagt, weder dass ich weggehen noch dass ich zurückkehren würde. Sagte nur, ich hätte Heimweh nach dem Libanon. Ich weiss, es ist keine Sehnsucht nach einem bestimmten Ort, sondern nach etwas, das ich in meinem Innersten verliere, Tag für Tag, das sich verliert durch Abwesendsein, etwas, das ich mir selbst erschaffen habe aus lange in meinem Kopf bewahrten Bildern. Nun ist anscheinend nichts mehr davon übrig. Mehr als fünfzehn Jahre sind vergangen seit meiner Ausreise. Mir ist klar, dass ich das Verlorene durch eine Rückkehr nach Beirut nicht wiedergewinne, dass ich vielmehr meinen Verlust bestätigen werde. Ich werde bestätigen, dass alles, wonach ich mich gesehnt habe, in meinem Kopf existierte, nur in meinem Kopf, und dass ich es niemals erreichen kann.

Ich habe Chris hinter mir gelassen. Auch seinen Brief liess ich auf dem Nachttisch neben meinem Bett liegen, ungeöffnet. Ich weiss ja, was er enthält: Geld, das ich nicht verlangt hatte, und die Frage, wann ich wiederkomme. Seit unserer Heirat hinterlegt er mir die Scheine immer in einem Couvert. Kein einziges Mal haben sich unsere Hände berührt, wenn er mir Geld gab.

Am Vortag meiner Reise von Kenia in den Libanon war Chris im Labor beschäftigt gewesen, als ich ihn anrief. Seine Assistentin nahm ab. Er werde gleich zurückrufen, meinte sie und legte auf. Chris erkundigte sich gar nicht erst, was ich gewollt hatte, zu begeistert war er von dem, was er berichten musste. Mit bebender, beinah schluchzender Stimme erzählte er mir, welch sensationelle Resultate er bei seinen vor Jahresfrist begonnenen Experimenten erzielt habe! Natürlich, er war glücklich über seine Testergebnisse. Seine Euphorie konnte mich freilich weder von meinem Entschluss noch von dem fiebrigen Verlangen abbringen, schon mal die Koffer zu packen, sie abzuschliessen und an die Tür zu stellen. Ich klappte einen leeren Koffer auf, wahllos warf ich ein paar Kleider und andere Dinge hinein. Öffnete die Kästen in meinem Schrank, suchte Unterwäsche zusammen, Baumwoll-T-Shirts, Jeans. Stapelte alles aufs Bett. Dann fand ich, dass es viel zu viele Sachen waren und dass ich mir endlich angewöhnen sollte, meinen Reiseballast zu reduzieren.

Morgen früh um acht startet der Flieger, sagte ich mir, also muss ich um sechs am Flughafen sein, das heisst Aufwachen um vier Uhr, jetzt ist bereits Mitternacht vorbei, und ich schlafe immer noch nicht. Zuerst geht es von Mombasa nach Nairobi. Keine Ahnung, wie lange ich dort im Airport warten muss, bis mich die Maschine nach Dubai und von da in den Libanon befördert. Chris wird mich auf meiner Reise bis nach Nairobi begleiten, dann kehrt er wieder nach Mombasa zurück, zu unserem Haus, zu seiner Arbeit. Nichts hier werde ich vermissen. So sagte ich mir, während ich durch die Räume des Hauses schlenderte, in dem ich seit elf Jahren wohnte. Ich hatte es nur verlassen, wenn ich jedes Jahr zu einer Stippvisite nach Adelaide aufbrach, wo meine Eltern leben – der verdrehte Salâma und die schweigsame Nadia. Oder wenn ich zu einem Kurzurlaub nach Südafrika verreiste. Hin und wieder flog ich auch mal am Wochenende von Mombasa nach Nairobi, um einige Sachen abzuholen, die mir Olga aus Beirut geschickt hatte. Weder meine Englischstunden an den Alphabetisierungsschulen der UNICEF in Mombasa noch der Privatunterricht in Arabisch waren genug, um meine Zeit auszufüllen, die sich endlos dehnte wie Kenias weite Ebenen. Trotzdem habe ich von diesem Land nichts kennengelernt ausser organisierten Touristensafaris in die Berge und umliegende Savannen oder in die Nationalparks für wilde Tiere.

Beirut ... wie fern es jetzt ist. Wie viele Leben habe ich gelebt, seit ich es verliess? So grübelte ich vor mich hin, während ich den zweiten Koffer verschloss und dann hinter mir herzog, um ihn in der Nähe der Eingangstür abzustellen. Habe ich mehrere Leben gelebt, oder war es ein einziges, das gereicht hätte für mehrere Frauen?

Fragen, auf die ich keine Antwort weiss. Nur eines ist sicher: Ich brauchte nicht viel Zeit, um zu begreifen, dass sich mein Leben völlig verändert hatte, nachdem ich von Beirut weggezogen war. Alles wurde anders, seit ich mit meiner geschädigten Familie in Australien eintraf – sogar die Ferienzeiten und ihre Bezeichnungen. Die Weihnachtsfeiertage verwandelten sich zum Sommerurlaub in Adelaide, der australischen Stadt, in der ich vor meiner Heirat und dem Umzug nach Kenia vier Jahre wohnte. Ebenso verschob sich der Zeitpunkt des Winterbeginns, der fiel jetzt in den Juli. An all das musste ich mich anpassen. Auch an die Orte. Und mich abfinden mit dem Verlust meines ersten Ortes, den ich verlassen hatte und der sich selbst entfremdet war.

Für Adelaide entschieden wir uns nur deshalb, weil Onkel Jûssuf dort wohnte. Er war bereits vor Ausbruch des Bürgerkrieges im Libanon emigriert. Als ein aktives Mitglied der Syrischen Sozialen Nationalistischen Partei war er am gescheiterten Staatsstreich von 1961 beteiligt gewesen, und so floh er, bevor ihn die libanesische Armee verhaften konnte. Zu seiner Flucht verhalf ihm ein Australier, den er in Tiro beim Schiesstraining in der Nähe des Flughafens kennengelernt hatte. Der Mann arrangierte für ihn die Ausreise nach Zypern und von dort nach Australien. Ich war gerade mal fünf, als das alles passierte. Und doch glaube ich mich noch darauf besinnen zu können, welche Angst meine Mama damals ausgestanden hatte und wie sie sich um ihren einzigen Bruder sorgte. Vielleicht war das schon der erste Schock für sie gewesen, lange bevor mein Bruder Bahâ starb, denn zunächst erhielt sie eine Falschmeldung von Jûssufs Verhaftung und Exekution. Später erst erfuhr sie, dass er in Wirklichkeit gerettet und ins Ausland entkommen war.

Wenn Nadia sich erinnert, bringt sie das Vergangene stets in Zusammenhang mit grossen Ereignissen, die unser Leben berührten. So sagt sie mir, ich sei 1956 geboren, zur Zeit der Dreieraggression gegen Ägypten unter Abdel Nasser, und zuvor habe sie schreckliche Angst gehabt, mich zu verlieren, ich sei ja noch in ihrem Bauch gewesen, als das grosse Erdbeben den Libanon erschütterte und im Ort die vielen Häuser zerstörte, darunter auch ihr Elternhaus in Hasbajja. Von meinem Bruder Bahâ sagt sie, er sei nach der Libanonkrise von 1958 zur Welt gekommen, zu einer Zeit, als mein Papa dieser Ereignisse wegen eingesperrt war. Und zu Onkel Jûssuf merkt sie an, dass er wenige Tage nach dem Umsturz von einundsechzig ausgereist sei. Nadia unterscheidet sich darin nicht von Nahîl, Vaters Mutter, die bei unserem Stammbaum auch eher die allgemeinen Daten als einzelne Namen erwähnt – wie denn überhaupt ihr Gedächtnis weit zurückreicht, auf historische Geschehnisse vor meiner Geburt und sogar vor der ihres Sohnes Salâma, meines Papas ... geradeso, als besässe der Einzelne in meiner Familie keine Geschichte, wenn nicht der Beginn seines Lebens mit der grossen Historie verknüpft war. Lange habe ich geglaubt, unser Schicksal sei untrennbar verbunden mit diesen Annalen, ja unser Leben wäre auf eine rätselhafte und schwer zu entschlüsselnde Weise durch sie vorgezeichnet.

Ich weiss nicht, ob ich die Episoden um Onkel Jûssuf selbst gesehen und miterlebt habe oder ob mich die Geschichten seiner Schwester Nadia, meiner Mama, dazu inspirierten, mir eine Erinnerung zu schaffen, die mit mir zusammen gross wurde und mich nie mehr losgelassen hat. Ich bilde mir sogar ein, mich auf jenen Tag besinnen zu können, als es hiess, mein Onkel sei verhaftet worden. Aber Grossmutter sagt mir, dazu wäre ich viel zu klein gewesen, ausgeschlossen, dass ich mich daran erinnerte. Noch nicht mal fünf war ich, sagt sie. Trotzdem – wenn ich an meinen Onkel denke, sehe ich ihn vor mir, wie zornig er war am Vorabend des fehlgeschlagenen Putsches und wie er die Regierung samt dem Staat verfluchte. »Unter denen stecken doch ein paar ›Juden des Innern‹*!«, hat er geschrien.

Onkel Jûssuf landete also in Australien, und in Paradise, einem kleinen Vorort von Adelaide, liess er sich nieder. Ein faszinierender Name, schien mir, besonders als ich erfuhr, dass sich in der Nähe der grösste Friedhof der Region befand und noch dazu das erste Krematorium. Auch die nach Australien eingewanderten Drusen hatten dort ihren ersten

* Nach einem Ausspruch von Antûn Saâda (1904–1949), dem Gründer der Syrischen Sozialen Nationalistischen Partei (1932), der politische Gegner als »Juden des Innern« bezeichnete. *(Anm. d. Ü.)*

Friedhof errichtet. Vielleicht erwählten sie diesen Vorort sogar seines Namens wegen, schliesslich lag für sie das Paradies von jeher auf Erden oder als ein verheissener Traum doch gleich weit von Himmel und Erde entfernt.

Als wir Anfang 1980 eintrafen, mussten wir zunächst bei meinem Onkel wohnen. Ich hatte ihn nicht mehr gesehen, seit ich ein kleines Mädchen war. Mit seinem breiten Aussie-Englisch machte er den Eindruck eines waschechten Angelsachsen, der in Australien geboren und aufgewachsen war. Den Slang hatte er sich nach seiner Heirat mit einer Australierin, die in einem Büro für Emigranten und Flüchtlinge arbeitete, im Handumdrehen angeeignet. Hatte sich auch gleich in Adelaide ein Haus gekauft, ohne erst von einer Gegend in die andere zu ziehen, wie es so viele Libanesen machten, die vor und während der Kriegsjahre auf den Kontinent gekommen waren.

Sobald wir im Flughafen Adelaide in die Ankunftshalle traten, war mein Onkel auf uns zugestürzt. Lange hielt er Mama in den Armen, und weinend erkundigte er sich, wie es ihr denn gehe. Sie stammelte irgendetwas Unverständliches, auch ihr kamen die Tränen. Er erinnerte sie an Dinge, die sie vergessen oder in ihren Einzelheiten unter der Last anderer Erinnerung, die sie zum Verstummen zwang, begraben haben mochte. In diesem Moment, als sie ihren Bruder umarmte, zerbrach meine Mama die Bande des Schweigens, und schluchzend begann sie ein paar Worte auszustossen. Sie redete noch ein bisschen weiter, dann fiel sie zurück in ihre Schweigsamkeit, für die sie sich nach dem Tod meines Bruders entschieden hatte. Späterhin schien dieses Stummsein sie freilich mehr und mehr zu ermüden, als wäre ihre selbstgetroffene Entscheidung seit unserer Ankunft in Australien doch zu schwer für sie geworden.

Was sie äusserte, war alles in allem die Feststellung, Jûssuf sei noch genauso, wie er immer gewesen war. Mamas Rede überraschte meinen Onkel offenbar nicht, obwohl er über ihre Sprachlosigkeit seit Bahâs Tod Bescheid wusste. Auf mich aber fielen ihre Worte herab wie ein frischer Sommerregen. Sie belebten mich, wie weggeblasen war die Erschöpfung von der anstrengenden Reise, die über zwei Tage gedauert hatte. Mich interessierte auch gar nicht so sehr, was sie über Onkel Jûssuf sagte, sondern dass sie überhaupt etwas sprach nach ihrem langen Schweigen. Auf der Heimfahrt im Auto umarmte mein Onkel sie wieder, und sie weinte. Papa starrte unterdessen aus dem Fenster auf die Menschen, die Häuser, die Strassen. Sein Gesicht war hochrot, während ihm die Schweissperlen über Gesicht und Nacken liefen, als sässe er in der Sauna. Er hatte noch seinen Wollpullover an, in dem er aus dem Libanon abgereist war. Immerhin hätten wir Winter, beharrte er, deshalb könne er ihn nicht ausziehen, auch wenn es ziemlich warm sei in Adelaide. In diesem Augenblick schien er mir schwach und gebrechlich, ohne jede Kraft, ohne Stärke. Er streckte den Kopf aus dem Autofenster, drehte ihn hierhin und dahin und bestaunte die Gebäude und die Passanten, als sähe er einen Film, der viel zu schnell ablief, um ihn aufnehmen zu können. »Du lieber Gott«, wiederholte er in einem fort wie eine kaputte Schallplatte, »ach, du lieber Gott, na so was aber auch!«

Onkel Jûssuf hatte sich nicht verändert, jedenfalls sagte das Mama. Dabei war er voll integriert, dort in seinem neuen Land. Vom syrischen Nationalisten war er zum Australier geworden, der sich in nichts von einem Angelsachsen unterschied. Was ihn freilich nicht hinderte, als engagiertes und einflussreiches Mitglied in einer drusischen Vereinigung mitzuwirken, deren Name über die verschiedenen Lebensetappen der Drusen in Australien mehrmals gewechselt hatte. Gegründet wurde sie als »Syrisch-drusischer Verein«. Später dann, nach der Unabhängigkeit des Libanon, lautete ihr Name »Libanesisch-Australische Gesellschaft der Drusen«. Im Gefolge einer verstärkten Einwanderung der Drusen während der sechziger Jahre und kurz vor dem Bürgerkrieg im Libanon wurde sie zum dritten Mal umbenannt und hiess nun »Verband australischer Drusen«. Onkel Jûssuf war im Vorstand.

Wir verbrachten mehrere Monate bei ihm, bis wir eine eigene Unterkunft fanden und umzogen. Nicht weit von ihm mieteten wir eine Wohnung in einem dünnbesiedelten Gebiet, wo sich nur ein paar ziemlich gleichförmige Gebäude auf einer Strassenseite aneinanderreihten. Wir verliessen das Haus meines Onkels, schwer bepackt mit einer Menge Sachen, die wir neu hatten anschaffen müssen, und doch beflügelt vom herzlichen Einvernehmen zwischen ihm und meiner Mama. Einem Einvernehmen, das uns noch jahrelang fern von Onkel Jûssuf warm und lebendig erschien.

Wir waren nicht die einzigen Libanesen im Viertel, es gab ihrer sogar recht viele, vor allem Christen und Drusen. Allein in unserer Strasse wohnten fünf libanesische Familien. Andere zogen später in Nebenstrassen, die von unserer abgingen. Nicht lange, und wir hatten Bekanntschaft mit ihnen geschlossen. Die Gärten an den Häusern zeigten, dass sich ihre Bewohner auch nach all der Zeit nicht verändert hatten. Liebevoll hegten und pflegten diese libanesischen Familien ihre Grundstücke und bepflanzten sie mit Bäumen, die sie an ihre Dörfer und möglicherweise an ihre Häuser im Gebirge erinnerten.

Adelaide ist bekannt als *City of churches.* Schon in dem Viertel, wo wir wohnten, waren es wenigstens vier kleine Kirchen, die jeden Sonntag von libanesischen Christen aufgesucht wurden. Von Menschen, die gezwungen gewesen waren, ins Ausland zu emigrieren, nachdem sie bereits ihre Dörfer in den libanesischen Bergen hatten verlassen müssen. In den Nachbarvierteln dagegen verwandelten sich einige protestantische Kirchen, in die ohnehin nur eine Handvoll Gläubige gegangen waren, in Banken, Cafés oder Immobilienbüros, ja in Wohnräume für ehemalige Hippies.

Was meinen Papa vielleicht am meisten an unserer neuen Wohnung erfreute, war, dass sie in der Nähe einer libanesischen Bäckerei lag, die gerade im Jahr vor unserer Ankunft in Adelaide neu eröffnet worden war. Oft ging er allein zu dieser Oasis Bakery in der Victoria Street, die von unserer abzweigte, und holte uns libanesisches Brot oder Manakîsch mit Thymian und Olivenöl. In dem Laden gab es aber nicht nur Brot und Backwaren, sondern auch Essiggemüse, Saatar und Sumach, den Mama immer kaufte, um damit den Fattûschsalat zu würzen. Nach einer Weile entdeckten wir in den Regalen noch andere Waren, wie Kaffeebohnen, Zimt oder Tabak mit Apfelaroma. Und manchmal erweiterte der Bakery-Inhaber dieses Angebot sogar durch libanesische Fähnchen, *made in China* – seinen Kunden zuliebe, die das Heimweh plagte.

»Warum kommst du in den Libanon? Weshalb bist du zurückgekehrt? Was willst du bloss in diesem Land?«

Olga löchert mich mit ihren Fragen, seit ich wieder in Beirut bin. Als ob sie es nicht wüsste!

Aber ist es wirklich ihre unheilbare Krankheit gewesen, die mich nach Beirut zurückholte? Waren es nicht die Mitteilungen des Ministeriums für Vertriebene wegen der Wiedererlangung unseres Hauses? Oder bin ich gekommen, um eine alte Rechnung zu begleichen mit diesem Krieg, der meine Familie zerbrach und meine Träume zerstörte, der jede Möglichkeit des Bleibens zunichtegemacht hatte? Bin ich zurückgekehrt, um nach meinem Freund Georges zu forschen, der nie in Australien gelandet war? Ich hatte erwartet, dass er mir nachfolgen würde, doch er war einfach verschwunden. Angeblich hatte er den Libanon über den Hafen Dschûnije verlassen, traf aber nirgends ein. Vielleicht wurde er gekidnappt. Vielleicht war er gar nicht ausgereist und im Libanon geblieben – als Gefangener, als Vermisster. Oder als Hingemordeter, dessen Leichnam irgendwo verscharrt wurde, an einem Ort, den niemand von seiner Familie kennt. Nie erreichte er den Ort, den er erreichen wollte. Wie so viele Menschen, die von ihren Orten aufbrachen zu anderen Orten und niemals ankamen. Man bestätigte, dass sein Name auf der Passagierliste des Schiffes vermerkt gewesen war, das an jenem Tag nach Larnaka ausgelaufen war, doch keiner hatte ihn gesehen. Es hiess auch, er habe daheim noch Abschied von seinen Eltern genommen und sich rechtzeitig vor Abfahrt des Schiffes zum Hafen begeben.

»Weshalb bist du zurückgekehrt?« Olga beharrt auf ihrer Frage. Dann, da ich nicht antworte, tritt sie näher. Sie umarmt mich, gibt mir einen Kuss nach dem anderen, auf mein Haar, mein Gesicht, auf meinen Hals, den Mund. »Bist du böse?«, fragt sie, stellt aber gleich noch einmal die Frage nach dem Grund für mein Kommen: »Weshalb kehrst du zurück?«

Olgas Fragerei versetzt mich wieder in alte Ängste, die damals begannen, vor meiner Abreise aus Beirut. Seit dem Tod meines Bruders Bahâ, auf den Georges' Verschwinden folgte. In meinem ersten Brief aus Adelaide schrieb ich an Olga: »In ein anderes Land überzusiedeln und eine neue Wohnung zu beziehen genügt nicht, um die Angst auszurotten. Sie hat sich in uns eingenistet. Um sie zu töten, müssten wir zuerst einen Teil von unserem Innern töten, müssten uns vielleicht einen Arm abhacken, ein Bein. Etwas wie einen kleinen Selbstmord begehen. Das wäre, als würde man zum Beispiel einem Monster furchtlos ins Auge blicken. Wir starren es an, und wir versuchen die Bestie zu töten. Dabei merken wir nicht, dass wir vieles von uns selbst mit töten. Aber was bliebe danach übrig? Was bleibt nach dem Tod der Angst? Gäbe es etwa noch eine Erinnerung? Oder wäre das Gedächtnis leer wie ein weisses Blatt Papier? Womit sollten wir es dann füllen?«

Olga schrieb mir nicht oft. Sie griff lieber zum Telefonhörer. Beinahe jeden Donnerstag rief sie mich an, sie hatte sich einmal für diesen Tag entschieden, so wurde er zur Tradition. Donnerstags rief Olga an, und ich schrieb ihr am Wochenende. Ständig waren wir im Gespräch, das jede von uns auf die ihr gemässe Art führte – ich per Brief, sie per Wort. Sie redete immer lange am Telefon, und ich lachte über ihre Neuigkeiten, die sie zuweilen unter dem Vorwand wiederholte, ich hätte ihr letzte Woche beim Telefonieren wohl nicht richtig zugehört! Jedes Mal schloss sie mit der Bitte: »Und vergiss ja nicht, meine Fragen im Brief zu beantworten.« Mitunter verging eine Woche oder länger, ohne dass ich einen Anruf von ihr erhielt. Wenn sie sich wieder meldete, schimpfte sie, die Verbindung sei unterbrochen gewesen, und überhaupt – der Libanon sei nur noch ein Land von Krüppeln und Opfern und Toten. Die Lage sei miserabel, und ihre persönliche Lage auch, alles Mist und nochmals Mist.

»Bei unserem letzten Gespräch hast du aber gar nicht angekündigt, dass du so plitz, platz kommen würdest ...«, beschwert sich Olga. Seit meiner Ankunft in Beirut bedrängt sie mich, als zweifelte sie an allem, was ich sage. Als glaubte sie nicht, dass meine Reise lediglich mit der Wiedererlangung des Hauses im Viertel Sukâk al-Balât zusammenhänge. Ich habe Olga nicht verraten, dass ich über ihren Zustand im Bilde bin, doch ich kenne das Gutachten des Arztes und weiss, dass sie die Behandlung, die er ihr verordnet hatte, ablehnte. Auch die Analysen und Befunde habe ich alle gelesen.

Im Laufe meiner Wanderschaft zwischen dem Libanon, Australien und Kenia habe ich es auf mindestens dreizehn Koffer gebracht. Was immer ich benötigte, wurde darin deponiert. Ich verstand gar nicht mehr, wieso man eigentlich auspacken sollte. Mein Koffer – mein Heim. Ich wurde zur Kofferexpertin. Da gab es welche, speziell geeignet bei Rückenschmerzen, und solche, die eine Menge fassten und trotzdem wenig wogen. Zu ihrer Unterbringung hatte ich im Haus zusätzliche Stauräume schaffen müssen, die sicher und doch im Bedarfsfall jederzeit erreichbar waren.

»What a surrealistic life!«, kommentierte Chris, mein englischer Ehemann, womit er schon mal kurz Einspruch erhob, bevor er die übereinandergestapelten Koffer durchzuzählen begann.

»How many lives do you need to fill all these?«, fragte er und fügte dann zur Erklärung hinzu, da müsste ich ja ständig eine andere Gestalt annehmen und andere Leben führen, um all diese Koffer jemals zu füllen. Aus seiner Sicht erschöpfte sich mein Dasein in Mombasa im »Versuch, einen stabilen Ort für mobiles Gerät zu finden«. Er beschrieb mich, als erzählte er einen Witz. Am Anfang unseres Zusammenlebens hatten mich seine Bonmots fasziniert. Ich glaubte, dass wer weiss wie viel Esprit dahintersteckte und dass man ein gerüttelt Mass an Phantasie brauchte, um so einen Satz überhaupt formulieren zu können. Aber mit der Zeit inspirierten mich seine Aphorismen nicht mehr zu Überlegungen, und seine Witzeleien brachten mich nicht mehr zum Lachen. Im Gegenteil, sie regten mich bloss noch auf. Heute erkenne ich hinter diesen Randglossen seine Unfähigkeit, zu begreifen, dass für mich der einzige Weg, in Mombasa mit meinem Warten und meiner Angst zurechtzukommen, in der Erfindung dauerhafter Orte für einen provisorischen Aufenthalt und eine vertagte Abreise bestand. Sobald er anfing, von seinen Forschungen und Ideen zu reden – und dann gar nicht wieder damit aufhörte –, stöpselte ich mir die Ohren zu. Ich nickte zustimmend, als folgte ich seinen Worten, und beobachtete ihn, wenn er eifrig weiterredete und dabei mit Armen und Händen gestikulierte. Er kam mir vor wie der Gebärdendolmetscher für Hörgeschädigte, den ich immer im Adelaide TV bei den Sechsuhrnachrichten gesehen hatte. Ich hörte nichts, ich kapierte nichts, während er mit beiden Zeigefingern einen Kreis zog, was wohl heissen mochte, dass alles nach Wunsch und in schönster Ordnung vonstattenging. Ich musste lachen, zuletzt döste ich ein. Bestimmt bin ich lachend eingeschlafen.

Mein Leben erscheint mir wie Stückwerk der Zeit, wie Filmszenen, die stocken und dann zurückspulen, um wieder von vorn anzufangen. Meine Erinnerung an all das, was mir geschehen ist, verläuft nicht chronologisch, sondern kreisförmig, so dass ich ständig dorthin zurückkehre, wo ich begonnen habe. Als ich meinem Psychotherapeuten davon erzählte, beruhigte er mich: zirkuläres Gedächtnis, typisch weibliches Phänomen, Männer erinnern sich auf andere Weise. Ich finde seine Antwort aber nicht logisch. Auch die Beziehung zwischen Ereignissen und Orten ist mir unklar. Eben denke ich noch an unsere Abreise von Beirut, und schon ertappe ich mich, wie ich plötzlich zu den Jahren springe, die ich mit Chris in Kenia verbrachte. Vielleicht kommt es daher, dass meine Geschichte die Form eines Kreises annimmt und bisweilen die einer Spirale.

In Adelaide lebte ich vier Jahre in den Tag hinein, in Mombasa elf Jahre am Rande der Abreise. »Am Rande« … diese Floskel, auf die sich ein ganzes, zwischen Australien und Kenia verstreutes Leben reduziert. Eine Frau, die darauf wartet hinauszugehen, ohne je drin gewesen zu sein. Hier das Drinnen, da das Draussen und dazwischen ein Leben in der Schwebe. Eine Frau, wartend im Fegefeuer – alle Tore geschlossen, kein Weg und kein Steg. Mir fällt ein, was die Anthropologin Mary Douglas über den Zustand des *in-betweenness* schrieb; ich hatte ihr Buch in Australien gelesen, als ich meine Masterarbeit fertigzustellen versuchte. Sie meinte, die Menschen durchliefen diesen Zustand als eine zeitlich begrenzte Phase und wechselten danach in eine neue Etappe von grösserer Klarheit, wo sich ihr Leben und ihre Beziehungen ordneten. Meine Situation hat mit Mary Douglas' Aussagen freilich nicht das Geringste zu tun. »Dazwischensein« ist bei mir ein konstantes Lebensmuster, das ändert sich nicht, und es wechselt auch nicht in irgendeine neue Etappe.

Also dann, zurück nach Beirut.

Im Flughafen Dubai verbringe ich die Wartezeit in einer Bar im ersten Stockwerk. Ich habe sie gewählt, weil es dort Bänke gibt, auf denen ich mich ausstrecken und entspannen kann. Sechs Stunden muss ich warten, bis der Flieger nach Beirut startet, immerhin beinahe die ganze Nacht. Merkwürdig, wie die Zeit hier verstreicht. Man spürt nicht, dass Nacht ist, man sinkt nicht in Schlaf. Der Ort erscheint wie eine gewaltige Raumstation, vollgestopft mit Juwelen und Spielzeug, Geschenken und Fast Food. Ein lichterfülltes Universum, das sich nie zur Ruhe begibt. Eine Phantasiewelt, die im selben Moment verwelkt und abstirbt, wenn die Menschen sie verlassen. Alles Fiktion, nicht wirklich existent. Etwas wie Fernsehen. Hier tönt die Musik der ganzen Welt gleichzeitig. Philippiner, Inder und Sri-Lanker, Europäer, Araber und Amerikaner. Menschen aus aller Herren Länder wandeln durch die Etagen und Foyers des Airports. Allein für sie lebt und leuchtet der Raum. Dennoch, Leere nagt an seiner Substanz, so wie Wüstensand den Häusern das Leben aussaugt, bis sie, zu Skeletten gedörrt, in Lichtgeschwindigkeit vergreisen.

Ein Mann um die fünfzig, der am anderen Ende der Bank sass, blätterte in einer englischen Zeitung. Als ich an ihm vorbeiging und mich setzte, rutschte er zurück und faltete die Zeitung zusammen, wie wenn er mir Platz machen wollte. Ich brauchte keinen Platz, meine Bewegungsfreiheit war durch seine Zeitung nicht eingeschränkt. Ich stellte meine Tasche auf den Sitz gegenüber, mein Notizheft und die Papiere legte ich vor mir auf den Tisch. Der Mann begann seine Sachen zusammenzuraffen, als rüstete er sich für eine unverhoffte Reise. Er schien verlegen und doch neugierig, zu erfahren, was für eine Frau das war – nämlich ich –, die sich da in seiner Nähe niedergelassen hatte. Nach ein paar Minuten hob er den Kopf und fragte lächelnd: »Traveling to Beirut?«

Ich nickte, wenn auch leicht irritiert, nachdem ich ihn sekundenlang fixiert hatte, um mich zu vergewissern, ob die Stimme wirklich von ihm gekommen war. Weiter lächelnd, fuhr er fort, er sei nämlich ein Zauberer und kenne sich aus mit übersinnlichen Dingen. Sein Grinsen wurde breiter, als er mit den Augen und einer kleinen Kopfbewegung zum Tisch wies, auf dem mein Pass lag; das Flugticket von Middle East schaute heraus. Missglückte Anmache, dachte ich müde. Da bedürfte ich schon grösserer und stärkerer Verlockungen, um meine seit langem abgestumpfte Leidenschaft wiederzuerwecken. Trotzdem überrieselte mich ein unwiderstehliches Prickeln, wie es Kinder spüren, wenn sie gerade ein neues Spiel anfangen wollen. Ein Gefühl von Scheu und Erregung zugleich. Selbst auf diese Entfernung konnte ich sein Aftershave riechen. Vielleicht war es auch der Geruch seiner Haut. Als er aufstand und näher kam, wirkte er so frisch und sauber, wie man es kaum bei einem Reisenden vermuten konnte.

»My name is Nour«, sagte er und streckte die Hand aus, als wollte er meine schütteln.

Nour … ich musste lächeln. Bei seinem amerikanischen Akzent hätte ich keinen arabischen Namen erwartet. Er trug Jeans, dazu ein blaues Hemd mit feinen weissen Streifen. Er sah aus, als hätte er sich sorgfältig für ein Rendezvous mit mir herausstaffiert. Ob er mir bei meiner heissen

Schokolade Gesellschaft leisten dürfe, fragte er, schob dann freundlich meine Ledertasche beiseite, und bevor ich ihm antworten konnte, sass er mir gegenüber.

Ich weiss nicht, wie viel Zeit verging, bis ich ihm in die Augen blickte. Ohne ihm die Hand zu reichen, sagte ich langsam und neutral: »I am Myriam.«

Ja, Langsamkeit und Neutralität, dachte ich, meine Schokolade schlürfend, die so heiss war, dass sie mir Zunge und Gaumen verbrannte ... Immer schön langsam und neutral, schärfte ich mir noch einmal ein. Solches Verhalten gehört ohnehin zu den Standardtechniken zwischenmenschlicher Kommunikation, raunte ich mir zu, oder vielmehr zum Finessenarsenal des Nichtkommunizierens, das ich mir seit meiner Abreise aus Beirut perfekt angeeignet hatte.

Er sagte, seit er zehn war, habe er in den USA gelebt. Dieses Jahr habe er Amerika verlassen, um in den Libanon zu gehen, und er sei nur wegen einer journalistischen Arbeit für eine Woche nach Dubai gereist. Er kehre zurück in den Libanon, weil er dort geboren sei und weil er das Land, das er seit siebenundsechzig nicht mehr besucht habe, richtig kennenlernen möchte. Er kehre zurück, um seine Wurzeln zu suchen! Einfach lächerlich, wie er von seinen Wurzeln schwärmte und den Satz gleich noch ein paarmal wiederholte, indem er die Lippen spitzte und dabei immer lauter und entschlossener rief: »I am searching for my roots!«

Nours Vater war Palästinenser, seine Mutter Libanesin, aber er sprach kein Wort Arabisch. Kennt nicht mal seine Muttersprache, nörgelte ich im Stillen. Dürfte mir schwerfallen, ihm zuzuhören oder auf seine Fragen zu antworten, das kenne ich zur Genüge von Chris. In wenigen Minuten, die mir endlos lang erschienen, berichtete er von seiner Familie und von seinem Leben, seiner amerikanischen Ehefrau, seiner Tochter. So hastig, wie das alles aus ihm hervorsprudelte, war zu vermuten, dass dieses Leben ihn stresste. Und offenbar so sehr, dass er es der erstbesten Person, die ihm zuhörte, gleich anvertrauen musste. Zufällig war ich diese Person. Irgendeine Frau, der er im Flughafen begegnet war. Ich habe jedenfalls keine freien Kapazitäten, dachte ich, um mir auch noch die Biographien von anderen einzuspeisen. Mir reicht mein eigenes Leben. Mir reichen meine ständigen Versuche, es gegen ein überwältigendes Gefühl der Ohnmacht zusammenzuhalten. Sogar mein Körper begehrte auf gegen die blosse Vorstellung, und unversehens straffte er sich wie ein Kämpfer, der Abwehrposition bezieht. Ich spürte, dass mir in diesem Moment die Kraft fehlen würde, mich an einem einzigen Ort und in einer einzigen Erinnerung zu sammeln. Was immer er erzählte, es würde mich verunsichern und mein Leben noch mehr verstören. Trotzdem hörte ich mich plötzlich mit unverhohlenem Spott sagen: »Why bother searching for roots, I can give you as much as you want, a surplus I want to get rid of!«

Wozu erst mühsam suchen? Ich kann Ihnen abgeben, soviel Sie wollen. Wurzeln habe ich im Überfluss, möchte welche loswerden ... Eine solche Antwort hatte er wohl nicht erwartet. Ich auch nicht, ich hatte nicht einmal nachgedacht, was ich sagen sollte, die Worte waren mir unwillkürlich herausgerutscht. Vielleicht lag es an dieser verwirrenden, fruchtlosen Idee, die durch meine unfreiwilligen Umzüge zwischen dem Libanon, Australien und Afrika in mir gewachsen und genährt worden war: Wurzeln sind etwas, was wir selbst reproduzieren und dessen Beschaffenheit wir variieren – genauso, wie man beim Kochen je nach Belieben mal dieses, mal jenes Gewürz zufügt. Im Laufe des Gesprächs entstand zwischen uns ein spontanes, knisterndes Einvernehmen, das auf dem Austausch schlagfertiger Bemerkungen beruhte, auf leisem, freundschaftlichem Gelächter.

Er war 1945 im Libanon geboren worden und als kleiner Junge mit seinen Eltern in die USA ausgewandert. Nach ihrem Tod hatte er sich aufgemacht, das Heimatland seiner Mutter kennenzulernen. In Beirut bezog er eine kleine Wohnung, die Miete bezahlte die amerikanische Zeitung, die ihn entsandt hatte. »Nach Palästina kann ich natürlich nicht zurück«, fuhr Nour fort. »Schon vor dreissig Jahren haben sie dort das Haus meines Grossvaters zerstört.« Bis siebenundsechzig war er noch zu Besuch in dieses Haus gekommen, danach durfte er nicht mehr einreisen. Er habe beinahe alles vergessen, sagte er, nur an die Gerüche der Speisen könne er sich erinnern, sie empfinde er als lebendig und vertraut. Im Grunde kehre er zurück, um jene Düfte wiederzufinden. In den USA habe er für sich und seine amerikanischen Freunde, wenn sie samstagabends bei ihm vorbeischauten, arabisch gekocht. Er habe die Gerichte zubereitet, die er noch von seiner Mutter kannte. Habe sich ausserdem eine Menge Kochbücher gekauft, aus denen er palästinensische und libanesische Rezepte lernte.

Wie eingepaukt schnurrte er die Geschichte seiner Familie herunter, in chronologischer Ordnung, als läse er sie aus einem Buch vor, als gäbe es in seiner Erinnerung keinen Schmerz. Wenn ich erzähle, bewegt sich meine Erinnerung immer in Form einer Spirale. Ich beginne mit einer Episode, und im Weiterreden merke ich auf einmal, dass ich wieder bei ihr gelandet bin. Seine Erzählweise war geradezu exotisch, als hätte er eine ahnungslose Ausländerin vor sich, der er das Ganze zeitlich übersichtlich und schön der Reihe nach schildern musste, damit sie auch folgen konnte. Später im Flugzeug dann berichtete mir Nour seine eigene Biographie. Er schien ein tiefes Bedürfnis zu haben, mir alles von sich mitzuteilen. Offen zu reden fällt eben leichter, wenn man von einem Ort zum anderen unterwegs ist. Vermutlich deshalb, weil man in einer solchen Situation die Worte sofort hinter sich lassen kann und ihre drückende Last nicht mehr spürt.

In Flugzeugen habe ich gelernt, mich der Angst zu fügen. Gelöst zu bleiben und gelassen, ergeben in die Eventualität des Todes, in ein Grauen, das mich zu verschlingen droht und doch nicht schreckt.

Ich lehnte den Kopf an die Fensterscheibe, während Nour, dem es gelungen war, einen Platz neben mir zu ergattern, in einem Buch las, das er aus seinem Köfferchen hervorgeholt hatte. Der Autor, Elia Kazan, habe darin einen Grossteil seiner Autobiographie einfliessen lassen, sagte er, dazu vieles aus der Chronik seiner türkisch-griechisch-armenischen Familie und der Geschichte ihrer Immigration in die USA, so sei es denn auch eine Story um Identität und Integration. Auf dem Einband las ich den Titel: *The Arrangement.*

Nour schlug eine Seite auf, mit leiser Stimme begann er mir einen Abschnitt aus dem Roman vorzulesen. Ein alter Mann an der Schwelle des Todes. Er bittet, man möge ihm Weintrauben aus Smyrna bringen, Izmirtrauben, von denen er seit seiner Emigration aus Anatolien keine mehr gegessen hatte. Nach langer Lebensreise und grossen Veränderungen, nach Vergessen, Anpassung und Aufbau einer neuen Existenz – nach alledem sind dem alten Vater als nahezu einziger Wunsch die Trauben von Smyrna im Gedächtnis geblieben. Nours Lektüre berührte mich tief, und seine Stimme durchströmte mich, während ich da im Flugzeug, zwischen Schlafen und Wachen vor mich hindämmernd, angestrengt munter zu bleiben versuchte, um ihm weiter zu lauschen.

Beim Eintritt in meinen Kopf verwandelten sich seine Worte in farbige Bilder, von fern her kamen sie, aus einer Erinnerung jenseits des Vergessens. Bilder, heraufsteigend von dem Tag, als mein Onkel abreiste, und jenem, als wir selbst abreisten. Zu Fragen wandelten sich die Worte, inspiriert durch Episoden, die er von der Emigration seiner Familie erzählte. Welchen Sinn hat es, auszuwandern, sich in ein anderes Land zu integrieren, in eine andere Kultur? Wir ziehen weg, bauen uns ein neues Leben auf, und wir sind überzeugt, entronnen zu sein. Aber dann, in irgendeinem Augenblick, stürzt alles, was wir aufgebaut haben, in sich zusammen, und wir kehren zurück in eine Vergangenheit, von der wir glaubten, sie sei ausgelöscht oder endgültig von uns verdrängt und unter dicken Erinnerungsschichten begraben.

Gedanke auf Gedanke klopfte an meinen Kopf, vermischte sich mit Nours Stimme, bis ich kaum noch unterscheiden konnte, ob ich schlief und Grübeleien träumte oder ob ich wach war und Selbstgespräche führte. Ich musste wohl eingenickt sein. Ich fühlte mich warm und behaglich wie eine kleine Katze, vor allem spürte ich diesmal kein

Kopfweh. Nichts von diesem chronischen Schmerz, der vor fünfzehn Jahren mit mir aus Beirut ausgewandert war und mich seither nie mehr verlassen hatte.

Wohlige Zufriedenheit erfüllte mich, als ich im Flugzeug erwachte und mich eingehüllt fand in eine blaue Wolldecke, die Nour über mich gebreitet hatte, während ich schlief. Vorsorglich schluckte ich zwei Tabletten gegen meine Migräne, die kurz vor der Ausreise aus dem Libanon begonnen hatte. Das Medikament ist mein ständiger Begleiter, ich nehme es gewohnheitsmässig, noch ehe ich die Vorboten erahne. Ich nehme es, um sicher zu sein, dass der Schmerz nicht so bald wiederkommt.

Als Nour mich nach dem Grund für meine Rückkehr in den Libanon fragte, erklärte ich ihm, das sei überhaupt keine Rückkehr, sondern bloss eine Reise, durch die ich ein verloren geglaubtes Haus wiederzuerlangen hoffte. Ich weiss nicht, weshalb ich so darauf beharrte, dass mein Aufenthalt nur vorübergehend sei und dass ich bestimmt nicht in Beirut bleiben würde. Wozu solche Nachdrücklichkeit gegenüber einem Mann, den ich doch kaum kannte? Hatte ich Angst vor der Leidenschaft, mit der er über seine Rückkehr sprach, über den Libanon, den er erst seit einem Jahr neu zu entdecken begann, über den Geburtsort seines Vaters in Palästina, der Inbrunst, mit der er all die Geschichten von seiner Familie und seiner Kindheit im Libanon, dem Mutterland, erzählte? Wie auch immer, ich sagte ihm, mein Besuch in Beirut sei zeitweilig, und schon bald würde ich wieder abreisen. Ja, ich beteuerte es noch einmal, vielleicht, um zuerst mich selbst zu überzeugen, dass mein Entschluss, nach Afrika zurückzukehren, unumstösslich feststand.

Nour war gekommen, um nach seinen Wurzeln zu forschen. Sein Beruf als Journalist ermöglichte ihm, einen Ort auszuwählen, an den er gern reisen wollte, und er hatte sich für den Libanon entschieden, das Land seiner Kindheit vor seiner Emigration nach Amerika. Ich dagegen kam, um eine Immobilie zu verkaufen, die ich von meinen Eltern geerbt hatte, und dann wieder zurück nach Kenia zu fliegen. Sobald das Gebäude von den Umsiedlern geräumt war, könnte ich es veräussern. Ich habe es ja auch nur geerbt, weil Bahâ tot ist. Natürlich wäre mein Bruder der erste Anwärter auf dieses Erbe gewesen, denn er war der einzige Mann in der Familie – genau wie damals Papa, als er das Haus von Grossvater Hamsa erbte. Bahâ wurde Anfang 1978 getötet, ungefähr drei Jahre nach dem Ausbruch des Bürgerkrieges. Er starb durch die Explosion einer Granate in Sukâk al-Balât, die Splitter zischten hoch bis zur ersten Etage unseres Hauses, wo er gerade auf dem Balkon stand. Wir durften ihn nicht einmal identifizieren. Sie brachten uns einen Sarg und sagten: Da drin liegt euer Sohn. Zwei Tage nach der Beerdigung entdeckten Jugendliche aus der Nachbarschaft abgerissene Teile seines Körpers im Geäst der wenigen Bäume des Viertels, die durch die Explosion verbrannt waren. Noch lange danach roch es im Haus nach dem verkohlten Körper meines Bruders. Manchmal ist mir, als wäre der Gestank wieder da, als könnten meine Sinne seit dem Unglück gar keinen anderen Geruch mehr wahrnehmen. Am selben Tag wurde auch mein Papa getroffen, am Kopf. Er überlebte, doch kurze Zeit darauf begann er sich eigenartig zu verhalten. Der Arzt wagte nicht, den Splitter aus seinem Kopf zu entfernen, die Operation wäre zu gefährlich gewesen. Mama aber verstummte. Der Schock über den Tod meines Bruders hatte ihr die Sprache geraubt. Wenn sie etwas sagen wollte, machte sie uns Zeichen mit dem Finger, als malte sie leere Kreise in die Luft. So verliessen wir den Libanon und gingen nach Adelaide, zu meinem viele Jahre vor dem Krieg ausgewanderten Onkel Jûssuf. Wir brachen auf als eine beschädigte, verstümmelte Familie, bestehend aus einem halbverrückten Vater, einer sprachlosen Mutter und einer Tochter, die vergeblich auf einen Mann wartete, der ihr nach Australien folgen wollte; seit ihrer Abreise hat sie ihn nie mehr wiedergesehen.

Zwei Jahre nach Bahâs Tod und Grossmutter Nahîls gescheiterten Versuchen, meinen Vater zur Zeugung eines neuen Sohnes mit einer jungen Ehefrau zu bewegen, liessen wir den Libanon hinter uns. Die Idee zur Auswanderung stammte von Onkel Jûssuf, der uns in einem Brief versichert hatte, unser Leben im Libanon sei langsamer Selbstmord, Nadias Schweigen und Salâmas Verdrehtheit seien der Beweis für seine Worte. Am Tag unserer Abreise glaubte mein kranker Papa immer noch, dass seine Mutter mit uns nach Australien kommen würde. Sie aber sagte zu ihm: »Hier ist es wie dort – wozu also weggehen?« Dann fügte sie hinzu: »Alle Länder der Erde, egal, wo sie sind, ähneln einander, und die Menschen sind auch überall gleich.« Sie wartete nicht am Haus mit den anderen, die uns bei der Abfahrt verabschiedeten. Sie weinte nicht vor uns. Nachdem sie Papa ade gesagt hatte, drehte sie sich um, ging in ihr Zimmer und schloss die Tür hinter sich. Äusserlich betrachtet, schien sie wütend auf ihren Sohn Salâma, wütend über sein Scheitern bei unserer Erziehung, wütend über sein Versagen in einer zweiten Ehe, die sie für ihn arrangiert hatte, und über seine Unfähigkeit, einen Sohn zu zeugen, der Bahâs Stelle einnehmen konnte. Wütend schliesslich über den Zerfall der Familie, für deren Perspektive sie, ihrer festen Meinung nach, mit allen Kräften gekämpft hatte. Ich bin aber sicher, dass sie im Moment des Abschieds auch die Tränen in ihren Augen verbergen wollte. Nachdem sie die Tür hinter sich zugemacht hatte, holte sie bestimmt das *Buch der Weisheit* hervor, das sie mit grösster Sorgfalt in ihrem Schrank verwahrte, um es aufzuschlagen und eine zufällig geöffnete Seite zu lesen. Sie begann die handkopierten Wörter in der schwarzen, breit verschnörkelten Schrift zu entziffern und aus ihnen eine wunderbare Zukunft für die Familie zu deuten. Erst in diesem Augenblick gewann Nahîl ihren Glauben zurück, und ihr Zorn verrauchte. Wieder und wieder sagte sie es vor sich hin: Diese Zukunft, die das Buch ihr offenbart hatte, werde ganz gewiss auch eintreffen! Als wäre die Zukunft ein Film, der ständig vorgeführt wird, nur dass die Szenen jedes Mal in einer besseren Version laufen.

Grossmutter Nahîl weigerte sich, mit uns abzureisen. Genauso, wie sie sich früher geweigert hatte, ihr Haus auf dem Berg zu verlassen und mit Grossvater Hamsa hinunter nach Beirut zu ziehen, nachdem er die Immobilie in Sukâk al-Balât von der türkischen Familie Damad gekauft hatte. Vielleicht fürchtete sie, dass Grossvater durch den Erwerb des zweistöckigen Gebäudes fortan kein Erfolg mehr in seiner Tätigkeit und seinem Handel beschieden wäre. »Das Gesicht des Hauses verheisst Unglück über Unglück.« So sagte sie immer, und dann fügte sie hinzu: »Mit List erschlichner Besitz ist unrecht Gut.« Nahîls Überzeugungen und Bedenken hinderten Hamsa allerdings nicht daran, das alte Haus instand zu setzen und oben in die erste Etage – eigentlich eine grosse Dachterrasse mit zwei Räumen – noch weitere Zimmer zu bauen. In die Wände und in die hohen Sturzbalken der neuen Türen liess er Sprüche eingravieren. Er holte eigens Steinmetze vom Berg, die diese Arbeit ausführten und ausserdem Inschriften mit vergoldeten Buchstaben und farbigen Verzierungen in Grün, Gelb, Blau und Rot über den fünf Haustüren anbrachten. Nahîls Widerstreben währte schliesslich nicht lange. Nachdem Hamsa das Haus in Sukâk al-Balât renoviert hatte, verliess sie ihre Wohnung auf dem Berg und kehrte erst nach seinem Tod dorthin zurück.

Grossvater setzte Himmel und Hölle in Bewegung, um den Anschein zu erwecken, dass dieses Haus ihm zustand und dass er es von Vorfahren geerbt hatte, von denen wir nur nichts wussten. Möglicherweise wollte er mit all diesen Umbauten auch seine Familiengeschichte und seine eigene Biographie verdrängen. Wie er einst als kleiner Junge mit seinen armen Eltern aus Syrien gekommen war. Wie er arbeiten gehen musste, zuerst beim Bau des Bahnhofs in Sofar, dann als Fahrer bei der türkischen Familie Damad, die ihm freilich so viel Geld und Unterstützung gab, dass er einen Handel beginnen konnte und Getränke, Brötchen und Eis an die Reisenden verkaufte, wenn der Zug auf der Strecke Beirut–Damaskus an der Station Sofar hielt. Und wie er zuletzt der Witwe Damad das Haus billig abkaufte, nachdem ihr Mann beim Grossbrand von Galata in Istanbul umgekommen und sein ganzes Besitztum dort vernichtet worden war. Zu einem Spottpreis habe sie ihr Heim verschleudern müssen, empörte sich Grossmutter Nahîl, die Frau habe ja kurz vor der Abreise zu ihrer Familie in Amerika dringend Geld benötigt. Grossvater Hamsa sah die Geschichte allerdings völlig anders als Nahîl. Wie oft beteuerte er, der Hauskauf sei ein Gefallen gewesen, den er der Witwe des Türken erwiesen habe! Statt daheim in seinem Dorf ein Stück Land mit ertragreichen Olivenbäumen zu erwerben, habe er sich dieses ramponierte, minderwertige Gemäuer mitsamt einem mickrigen Garten voller Kakteen aufgeladen. Die Leute im Ort hätten sich schon lustig über ihn gemacht, ja sie sagten: Der Kerl hat den Verstand verloren! Er versicherte, sich allein deshalb zu dem Kauf entschlossen zu haben, um eine gute Tat zu vollbringen und seine Schuld gegenüber einem Mann zu begleichen, der ihm einst geholfen hatte und bei seinem Tod eine mittellose Witwe zurückliess, die nach Amerika zu ihrer Familie reisen wollte.

In Kenia träumte ich immer, ich sei im Libanon, in dem Haus, das ich verlassen musste. Nachts wachte ich mehrmals auf, und jedes Mal schlief ich über dem Wellenschlag des Indischen Ozeans in der Nähe meines Hauses wieder ein. Der Pegel des Wassers stieg und stieg, bis es beinahe den ständig durchfeuchteten Garten erreichte, dann wich es zurück in seinem endlosen Spiel von Ebbe und Flut. Wenn Vollmond war, ging ich zuweilen hinaus in den Garten, ich brauchte keine Lampe, die mir den Weg erhellte. Das Mondlicht glänzte auf der Wasserfläche, die sich nach und nach zurückzog, und auf einmal war ich auch schon eingeschlafen. Eingeschlummert auf dem Sand oder dem Liegestuhl im letzten Winkel des Gartens neben der Einzäunung aus Stämmen von Kokospalmen.

Dort tauchte ich hinab in meine Träume, als wären sie Teil meines Lebens. Stundenlang geleiteten sie mich noch über den Tag, ich vergass sie nicht. Jeden Morgen wachte ich auf und überlegte, was ich letzte Nacht geträumt hatte. Wenn ich Eva, meiner österreichischen Nachbarin und einzigen Freundin in Mombasa, von meinem immer wiederkehrenden Traum erzählte, beruhigte sie mich. Ich solle mich nicht fürchten, sagte sie, Kenias Himmel sei gross genug, um alle Träume, so viele es sein mögen, in seinen Weiten zu verflüchtigen.

Meine Träume müsste ich wohl eher als Albträume bezeichnen. Wieder denke ich zurück an die Explosion in Beirut, die meinen Bruder Bahâ tötete. Ich erinnere mich, dass Gott von da an aufhörte, mich im Schlaf zu besuchen. Vielleicht war es damals, dass sich meine Träume in Albträume verwandelten. An jenem Tag wollten wir hinunter in den Schutzraum gehen, aber Mama beharrte darauf, oben zu bleiben, im ersten Stock. Noch nie hatte sie so auf etwas bestanden wie an diesem Tag. Sonst unterwarf sie sich dem Willen Nahîls, die ebenso über ihr Leben bestimmte wie über den Haushalt und unseren Alltag, ohne je nach ihren Wünschen zu fragen. Nadia lebte fügsam und ergeben, und wollte sie doch einmal an einer Entscheidung festhalten, dann sprach sie kein Wort mehr. Sie verstummte aus Frust und aus Protest. Ihr Schweigen machte mich genauso wütend, wie mich zuvor ihre Selbstverleugnung gegenüber Papas Familie aufgebracht hatte. An diesem Tag aber weigerte sie sich strikt hinunterzugehen! Ja, sie verlangte, wir sollten alle zusammen in der ersten Etage bleiben. Es war, als wollte sie an einem Tag Rache nehmen für ihr ganzes Leben. Doch stattdessen verlor sie ihren Sohn.

In der Nacht vor meiner Abreise nach Beirut war Chris zu mir gekommen. Leidenschaftlich fiel er über mich her und küsste mein Gesicht, meinen Hals. Mit einer Hand streichelte er meinen Busen, nach dem er ganz verrückt ist, während er mich mit dem anderen Arm umfing und an sich zu ziehen versuchte. »Oh Myriam, love me«, stammelte er, »love me please.«

Wenn wir im Bett liegen und Chris so zu flüstern beginnt, fühle ich mich vollkommen kraftlos, beinahe wie gelähmt. Zum Glück besitze ich eine blühende Phantasie, und ich rufe sie zu Hilfe, um diese Schwäche zu überwinden. Ich bin's ja gewohnt, was da von Zeit zu Zeit zwischen uns abläuft, bin daran gewöhnt, seine Annäherung zu erdulden, seine Hand, die jedes Mal meinen Körper neu entdeckt. Genauso wie ich mir angewöhnt habe, automatisch meine

Einbildungskraft zu mobilisieren, sobald er anfängt mit seinen Küssen, mir die Kleider auszieht und dabei bestimmte Worte raunt, die seine Begierde steigern. Ich koppele mich von allem ab und bewege die Glieder im Rhythmus von Asmahâns Stimme, die weiter aus der Zimmerecke tönt. Überlasse mich dem Spiel des vollkommen von der Erinnerung an eine tiefe Liebe getrennten Körpers und denke, dass ich mich in Abwesenheit eines geliebten Mannes eben arrangieren muss mit dieser Situation, die ich mir selbst eingebrockt habe, indem ich Beirut verliess. So teile ich die Lust mit einem Mann, den ich nicht liebe, der mich aber heftig begehrt und zu befriedigen versucht. Wenn er mich streichelt, stelle ich mir vor, er sei Georges oder Joe, jener Mann, den ich in einem italienischen Restaurant in Südafrika kennenlernte. Mit ihm hatte ich ein kurzes Verhältnis, nicht länger als ein Jahr. Siebenmal flog ich nach Kapstadt, um mich in irgendeinem Hotelzimmer mit ihm zu treffen. Meine Freundin Eva verliess fluchtartig den Raum, sobald das Telefon klingelte. Bevor sie die Tür hinter sich zumachte, rief sie, oje, die Zeit sei knapp, sie müsse rasch noch mal in die Geschäfte! Sie umarmte mich, und eine Weile drückte sie mich so fest an sich, als ob sie fürchtete, mich zu verlieren. Ihrem Gestotter war zu entnehmen, dass sie eigentlich nicht wusste, was sie sagen sollte. Dann liess sie mich los und wich zurück. Ihr Blick ruhte auf mir, während sie hinausging. Eva umfing mich auf diese Weise nur, wenn sie wusste, dass ich ein Rendezvous mit Joe hatte. Eine zweideutige Umarmung, Liebe lag darin und ebenso viel schwer fassbarer Tadel. Wie die Umarmung einer Mutter, die gerade dahintergekommen ist, dass ihr Töchterchen ihre Unschuld an den Nachbarssohn verschenkt hat. Auf dem Bett liegend, schaute ich Eva nach, bis sie die Zimmertür hinter sich schloss. Ich weiss nicht, warum, aber im selben Augenblick überfiel mich urplötzlich dieser Gedanke: Abwesenheit von Liebe ist das Sicherheitsventil für alle Betrügereien ... Joe kam seinerseits auch nach Mombasa, um sich mit mir im Gardens Hotel zu treffen. Nach einem Jahr beschloss ich, ihn nicht mehr zu sehen. Als er mich nach dem Grund fragte, wusste ich nicht, was ich antworten sollte. Ich suchte nach irgendeiner Erklärung, die ich ihm sagen konnte, fand jedoch keine. Ich war es einfach leid, der Fliegerei und der Monotonie überdrüssig, der Bürde einer Beziehung, die sich gleich einem armen Behinderten nicht weiterentwickelte.

»The animal in you is tired of you ...«, meinte Eva. Meinen Entschluss, die Affäre mit Joe zu beenden, kommentierte sie, wie es ihre Art war, mit einer rhythmisch-literarischen Sentenz, und wieder dachte ich bei mir, aus Eva hätte wohl eine berühmte Dichterin werden können. Sie aber zog es vor, Umweltaktivistin zu sein und sich für bedrohte Tiere und sterbende Wälder zu engagieren.

Manchmal kehrte ich in meiner Phantasie auch zurück zu gewissen Zeiten meines Lebens, als ich zusammen mit Olga meinen Körper entdeckte. Wir drehten Asmahâns Lieder auf bis zum Anschlag, und Olga begann meinen Mund und meine Brust zu küssen. Ich gab mir die grösste Mühe, jene Momente des Glücks heraufzubeschwören, die wir beide, Olga und ich, ohne das leiseste Schuldgefühl ausgelebt hatten. Doch in dieser letzten Nacht mit Chris gelang es mir nicht, meine Phantasie zu mobilisieren. Es war, als hätte ich Gedächtnisschwund, als wollte meine Vorstellungskraft mir nicht mehr beistehen, die Züge von Georges oder von Joe wiederzufinden. Ausgelöscht waren die Gesichter all derer, mit denen ich die Lust geteilt hatte, schnell schienen sie durch mein Leben und schlagartig ins Vergessen geeilt zu sein. Wie wenn es sie niemals gegeben hätte. Sosehr ich versuchte, ihre Züge zurückzuholen, ich gewahrte nur unscharfe, verschwommene Gesichter und umflorte Augen von Gestalten, die mich anstarrten, während ich vor ihnen stand und sie von einer verborgenen Kraft nach hinten weggedrängt wurden. Mit Mühe und Not fand ich allein Olgas Gesicht wieder, und ich sah es so deutlich und lebendig, als wäre es wirklich vor mir. Ich wandte mich ab, schaute nach dem Koffer, und dann erzählte ich Chris von meinem Traum der vergangenen Nacht. Ich hatte mich als Baum gesehen, hochragend in die Lüfte, von Winden umspielt. Ich sagte ihm, im Traum sei ich eine Birke gewesen. Er habe viel zu weit entfernt von mir gestanden, um mich berühren zu können. Doch ein seltsamer Rausch habe mich erfasst, ja, mir sei gewesen, als beschliefe mich der Wind. Ich weiss nicht, wie es dazu kam, aber ich hatte ganz sicher einen Orgasmus. Seither genügt es, ein leises Rascheln von Laub zu hören, wenn sich Bäume im Windhauch wiegen, um wieder jene Erregung zu spüren, die mir kein Mann zu bieten vermag.

Asmahâns Stimme war nicht das Einzige, was in mir eine geliebte Erinnerung wachrief und mir das Leben in Kenia zu ertragen half. Da waren auch die Romane, die Olga mir schickte, und da waren die kräftigen Farben des Himmels, die sich in den Fluten des Ozeans vor meinem Haus spiegelten. Leuchtende Farben, intensiver noch und strahlender als die Tönungen des Firmaments über Beirut.

Meine Träume ändern sich, und ausser jenen, die immer wiederkehren und mich von Zeit zu Zeit heimsuchen, habe ich die meisten vergessen. Jahr um Jahr verändern sie sich. Früher kamen darin viele Bäume und Pflanzen vor, auch Berge, über die ich jedes Mal leicht und schwerelos hinwegflog. Zum Einschlafen rufe ich mir diese Träume zurück. Als dürfte ich unter ihnen auswählen und so den einen Albtraum von mir fernhalten, der mich seit Jahren verfolgt. Ein Traum von freundlichen Bäumen erscheint mir schon fast wie eine Entschädigung. Sooft ich nach Bahâs Tod einen verbrannten Baum erblickte, zogen menschliche Gesichter mit entstellten, ausgelöschten Zügen darüber hin. Bäume jagten mir nur noch Angst ein. Ich träumte nicht mehr, dass ich über ihre Wipfel spazierte, als ginge ich auf der Erde. Träumte nicht mehr, dass ich sie umschwebte, ohne je abzustürzen. Bäume an sich wurden mir zum Inbegriff des Entsetzens.

Manchmal wache ich in Panik auf, dann verstärkt sich mein Kopfweh. Ich weiss nicht, warum ich aufgewacht bin. War es der Schmerz, waren es die Albträume? Auf Zehenspitzen schleiche ich mich aus dem Zimmer. Ich öffne die Haustür, gehe hinaus in den Garten. Vor mir liegt das Meer, der Indische Ozean von Mombasa. Ich setze mich in den Sand, der so weiss ist, dass er das Mondlicht in schimmernden Silberfarben reflektiert. Silbriger Glanz überströmt die sandige Fläche und taucht mit ihr fernab in die Tiefen des Ozeans. Die Fluten mischen sich mit nächtlichem Licht, von weitem gleicht es einem noch unfertigen Regenbogen.

Der Wellenschlag in seinem einförmigen Rhythmus erinnert an den Beischlaf zweier Liebender, die niemals Überdruss befällt. Nicht lange, und ich bin eingeschlummert auf dem Sand. Ich erwache erst, wenn mich das Wasser von allen Seiten umspült. Nichts vermag meinen stechenden Kopfschmerz zu lindern ausser diesem Spiel von Ebbe und Flut, Tändelei aus Salz und Nässe, die der Sand gierig einsaugt, die sich über mich ergiesst wie ein vollendeter Liebesakt. Das Schönste, was ich in Mombasa erlebte, war die Entdeckung des Gezeitenspiels. Eines spielerischen Wechsels, der meine Unrast besänftigte, als hätte er sie gezähmt. Ebbe und Flut, das ist wie Changieren zwischen Albdruck und Träumen, zwischen meinem Leben hier und meinem Leben dort, zwischen dem Schweigen meiner Mutter und dem Wahnsinn meines Vaters. Wie Ebbe und Flut zwischen Einst und Jetzt. Vergangenheit, die ich vergessen glaubte, überschwemmt mich wieder in jedem meiner Träume.

Der Abstand zwischen Ebbe und Flut verschwand in der Praxis meines Psychotherapeuten Sitajit in Mombasa. Die Gezeiten vermischten und durchdrangen sich dann so vehement, dass ich sie nicht mehr unterscheiden konnte. Doch nicht das war das eigentlich Anstrengende. Was mich am meisten erschöpfte, war, in einer fremden Sprache über Dinge zu reden, die mich quälten und zum Weinen brachten. Mich in einer anderen als meiner Sprache mit einem englischen Therapeuten indischer Herkunft darüber zu unterhalten. Mir war, als müsste ich ein weites Feld mit einer einzigen schwachen, zerbrechlichen Hand umgraben. Ich wollte, dass er mich richtig verstand und auch mir begreiflich machte, was ich hatte und was mit mir los war. Er sollte mir helfen, mich von Sünden zu befreien, die ich nicht begangen hatte. Von der Schuld am Tod meines Bruders, der Schuld an Mamas Schweigen, der Schuld an Papas Wahnsinn. Von der Schuld, unter Zwang mein Kind abgetrieben zu haben, so dass ich nun keins mehr von Chris bekommen kann – als würde ich dafür bestraft werden. Trotz allem blieb ich drei Jahre lang im Ungewissen, ob mein Psychotherapeut mich verstand. Hin und wieder hakte er ein und erklärte etwas oder kommentierte, was ich gesagt hatte, aber immer gerade in Augenblicken, da ich mir innig wünschte, er möge schweigen. Ich wusste nicht, wie ich mich in einer anderen Sprache ausdrücken sollte, und so weinte ich gleichzeitig. Doch ich hörte nicht auf, ihn zu besuchen. Ich sprach sogar Englisch mit indischem Akzent, um sicherzugehen, dass meine Worte für ihn klar und verständlich waren. Mitunter passierte es mir, dass ich unwillkürlich ins Arabische verfiel. Wenn ich es bemerkte, verstummte ich abrupt, als hätte ich mein Sprechvermögen verloren. Ein Verstummen, das mich schmerzte. Dann brauchte es einige Zeit, bis ich zurückfand zu meiner Zweit- oder Drittsprache. Sprachen, die in meinem Kopf kollidierten und die Wörter daran hinderten, den Mund zu verlassen. Nur mein Arabisch kam deutlich heraus, aber auch verkrampft und weinerlich. Mit einem Ruck hob ich auf der Couch den Kopf vom Kissen und starrte ihn an. Er hielt die Augen geschlossen, als wäre er kurz eingenickt oder hätte nichts mitbekommen und meine arabischen Worte, von denen er keines verstand, überhaupt nicht gehört.

»Look at me«, stiess ich tränenerstickt hervor, »look at me! You are not with me …!«

Er reagierte nicht! Öffnete die Augen und schaute geradeaus in die Ferne, wich meinem Blick aus.

»Ich habe mein Baby entsorgt wie Ungeziefer«, flüsterte ich mit einer Stimme aus tiefstem Herzensgrund, »jetzt möchte ich schwanger werden und kann's nicht mehr!« Ich versuchte aufzustehen, die Sitzung war zu Ende. Ich hatte vergessen, dass der Mann vor mir die Sprache meines Herzens gar nicht verstand.

Noch einmal liess ich mich auf die Couch zurückfallen, dann brach ich in Tränen aus. Lange habe ich geweint.

Vor dem Abflug trank ich mit Chris einen letzten Kaffee im kleinen Airport von Nairobi. Der Kaffee war so stark, dass mir übel wurde. Der Flughafen wirkte behelfsmässig, wie aus Resten umliegender Gebäude zusammengestoppelt oder ausser Betrieb, nichts schien zu funktionieren. Selbst die wenigen Angestellten an den Schaltern machten den Eindruck von Besuchern, die nicht Bescheid wissen, wie die Dinge zu laufen haben. Man brauchte nur einen Blick auf die Fenster zu werfen, deren zerbrochene Scheiben durch transparente Folien ersetzt waren, um sich daran zu erinnern, dass dieses grosse Land periodische Kriege durchgemacht hatte, die sich nicht viel von unseren unterschieden. Kleine Kriege schaffen eine traurige Analogie zwischen unterschiedlichen Ländern, sinnierte ich vor mich hin, ohne Chris' unaufhörliche Fragen zu beachten.

»When are you coming back home?«, erkundigte er sich wieder. Dann, als er die Hoffnung verlor, eine Antwort zu erhalten, fragte er: »Kommst du zurück?« Ich schwieg, weil ich nicht wusste, wie ich zwei Fragen auf einmal beantworten sollte. Zudem grübelte ich noch über die Formulierung »coming back home«.

Wir beide, Chris und ich, stimmen in nichts überein, sagte ich mir, nicht mal was die Semantik der Wörter betrifft, denn gerade »Rückkehr« war es ja, was ich jetzt vorhatte! Und weiter dachte ich, dass ich besessen bin vom Verlangen nach Leben, während dieser Mann da seine Zeit mit der Demontage ebenjenes Verlangens verbringt. Als tüchtiger, disziplinierter Wissenschaftler wahrt er eine wohlkalkulierte Distanz zum Leben, um es sezieren zu können.

Ich weiss noch, wie ich das erste Mal nach Kenia kam.

Chris erwartete mich im Flughafen Nairobi, doch mir war beklommen zumute. Es war das erste Mal, dass ich mich nur von Menschen schwarzer Hautfarbe umgeben sah. Allesamt Afrikaner … Damals habe ich mich gefragt, wieso ich eigentlich Angst hatte. Entsprang meine Furcht vor ihnen etwa einem in mir gespeicherten kollektiven Gedächtnis, dem Bewusstsein, dass meine Ahnen und Urahnen ihre Reichtümer geplündert und nach ihren Bergwerken und Bodenschätzen gegiert hatten? Fürchtete ich gar, die Rechnung für all jene begleichen zu müssen, die, welcher Nationalität sie auch angehörten, vor mir hergekommen waren, um auszubeuten und sich zu bereichern, ohne für irgendetwas einen Preis zu zahlen?

Die ersten Gesichter prägten sich mir fest ein. Keinen von diesen Menschen, die ich direkt nach meiner Ankunft im Flughafen sah, habe ich vergessen. Jahrelang erinnerte ich mich an sie, und jedes Mal, wenn ich verreiste, schaute ich mich um nach ihnen. Mitunter erkannte ich tatsächlich einen wieder, nur dass er ein wenig älter wirkte und etwas strenger dreinblickte. Sogar wenn Chris auf mir lag, rief ich sie mir zurück. Ich schloss die Augen und dachte über sie nach. Auch über Samuel, der bei uns im Garten arbeitet. Ich stellte mir seine Gesichtszüge vor, seine schwarze, glänzende Haut, während mir Chris nach seinem Vergnügen einen Vortrag hielt über die Arten der Malaria, von denen diese Menschen befallen werden, und über ihre jeweiligen Unterschiede von einem afrikanischen Land zum anderen.

Doch warum jetzt an Chris denken? Wozu mich seiner tagtäglichen Marotten erinnern? Noch nie konnte ich mich damit anfreunden. Ist es, weil ich eine marottenlose Frau bin? Blieben deshalb die Jahre, die ich mit ihm in Kenia verbrachte, gleichsam ausserhalb meines Lebens, als hätte ich sie gar nicht gelebt? Oder sind sie von selbst an meinem Leben vorbeigegangen? Liegt es daran, dass ich mich fernab jedes Ortes befand, der mich mit dem Leben hätte verbinden können? Aber vielleicht lässt sich ja alles damit begründen, dass Chris so penetrant pedantisch ist und seinen Alltag wie in einer Schicksalsverbindung mit den Zeigern der Uhr abspult. Leben besteht für ihn aus einem System von Gewohnheiten, das nicht durchbrochen werden darf. Ich hingegen … am Morgen trinke ich einen Kaffee, oder nein … manchmal lieber Tee. Ich rauche, oder eben auch nicht, vielmehr doch, na, ich rauche ab und zu. Morgens jogge ich. Nein, nicht regelmässig. Auf jeden Fall bin ich am liebsten allein zu Hause. Allein für mich mit meinen Romanen, die mir Olga über all die Jahre fleissig geschickt hat.

Meine einzige Gewohnheit, soweit ich mich erinnern kann, ist ein permanentes Gefühl von lediglich provisorischem Aufenthalt, seit ich ausgereist war. In meinem Haus in Mombasa legte ich die Handtasche auf den Tisch der Flurgarderobe, als wollte ich gleich weggehen oder als käme ich kurz zu Besuch bei fremden Leuten. »Myriam, das ist dein Haus … dein Zuhause«, erklärte mir Chris immer wieder mit seinem feinen englischen Akzent, »und du bist die Hausherrin. Warum räumst du dein Zeug nicht ein? Weshalb lässt du das alles so verstreut in den Koffern liegen?« Er löcherte mich mit seinen Fragen, wurde ganz nervös, wenn er meine Sachen tagelang in dem kleinen Vorraum hinter der Eingangstür sah – mein Adressbüchlein und die Ledertasche, in der ich die Romane aus dem Libanon aufbewahrte. Ich schleppte sie überall mit mir herum, auch ins Auto oder an meinen Sitzplatz im Garten. Aber alles gute Zureden von Chris änderte nichts, womöglich verstärkte es sogar mein Gefühl der Fremdheit ihm gegenüber. Mir war bewusst, dass ich diese ständige Fluchtbereitschaft mitgebracht hatte aus dem Beirut des Krieges, aus der Erinnerung an Zufluchten und an Umzüge von einem Ort zu einem anderen, der sicherer schien. Nur diese eine Konstante überdauerte in meinem Innern, all die Jahre des Wanderns und Reisens zwischen Adelaide und Mombasa hat sie mich nicht verlassen. Und so wusste ich auch, dass meine Unrast mir anhaftete wie ein Schatten und längst meine Persönlichkeit prägte.

Allein Samuel, unser kenianischer Gärtner, gab mir wieder ein wenig Sicherheit. Ich schöpfte Zuversicht, als er mir erklärte, Ortswechsel hätten vielleicht gar nichts zu bedeuten und der Mensch könne sein Heim im Herzen behalten, egal wohin es ihn verschlage. Er sagte, er fühle sich durchaus imstande, an ein und demselben Ort mehrere Leben zu leben. Und wäre er an einem anderen Ort, so könnte er auch spüren, dass ein anderer Mensch in ihm stecke.

Ich sitze auf meinem Stuhl im Garten, Samuel kommt zu mir. Er bückt sich nach der Tasche, die neben meinen Füssen im Gras steht, und stöbert in den Büchern herum. Einige sind in arabischer Sprache, mit denen weiss er nichts anzufangen. Er legt sie beiseite, dann hebt er den Kopf und sieht mich an. Jedes Buch, sagt er, besitze ein Leben hier und ein Leben dort, von woher es stamme. »Genauso wie ich gleichzeitig drinnen und draussen lebe«, setzt er hinzu. Ich verstehe nicht genau, was er meint, bringe seine letzten

Worte aber in Zusammenhang mit den Geschichten, die er mir früher einmal von seinem Urgrossvater erzählt hatte. Halbnackt sei dieser Vorfahr aus dem Busch gekommen und weitergezogen nach Mombasa, wo er sich niederliess. Er habe sich gekleidet wie die Fremden, die da wohnten, habe eine Familie gegründet und sei sesshaft geworden. Damals versicherte mir Samuel, er fühle, dass ich all das verstehen könne – als würde auch ich, die doch fremd sei auf diesem Fleckchen Erde, sein ureigenes Gedächtnis in mir tragen, als hätte ich dieses Leben hier miterlebt und diese Erfahrungen mitgewonnen. Ich verbringe mehr Zeit mit Samuel als mit Chris. Den faszinieren nur seine penibel in Glasschalen präparierten Kleinstorganismen unter dem Mikroskop. Er meint, sie führten ein perfektes Leben, und sollten sie sich jemals ausbreiten und die Welt überschwemmen, dann besässen sie genug Intelligenz, um die ganze Menschheit auszurotten.

Wie in Australien, so schluckte ich auch in Kenia alle möglichen Beruhigungs- und Schmerzmittel, aber meine Migräne wurde ich nicht los. Morgens wache ich auf und kann kaum die Augen öffnen. Ich ziehe die Vorhänge wieder zu und verbanne das Morgenlicht nach draussen. Licht verstärkt die Migräne, es zwingt mich, den lieben langen Tag im Bett zu verbringen. Die Vorhänge in meinem Zimmer bleiben geschlossen, tagsüber sehe ich nichts von der Stadt Mombasa. Wenn der Schmerz abflaut und Besserung zu erahnen ist, gehe ich hinaus in den Garten und sehe Samuel beim Grasmähen zu. Ein dicker Wasserstrahl aus dem Schlauch, der die Pflanzen und Bäume tränkt, ergiesst sich über seine schlammigen Füsse und lässt sie einsinken.

Um mir Erleichterung zu verschaffen, muss ich immer den Kopf ein wenig vorbeugen. Dadurch spannen sich die hinteren Halsmuskeln, und der Druck wird etwas gelindert. Zum Schlafen brauche ich ein Kissen genau unter meinem Nacken, nur so wird das Pochen schwächer, und ich kann einschlummern. Doch manchmal hilft gar nichts mehr. Ich recke den Kopf nach vorn und habe Schmerzen, ich neige ihn nach hinten und habe schlimmere Schmerzen. Ich drehe den Kopf nach links, nach rechts – und finde ihn unerträglich schwer. Ich schlucke zwei Tabletten Advil, zwei Stunden darauf nehme ich zwei Di-Antalvic, vor dem Schlafen noch eine Toradol und zuletzt Stilnox. Wenn ich mich nun hinlege, ist der Schmerz zwar nicht weg, aber er dämmert vor sich hin, er wird müde und döst ein, dann rumort er weiter wie mein Körper, der sich ruhelos im Bett herumwälzt.

Sobald Chris das Haus betritt, beginnt er meine achtlos hingeworfenen Sachen einzusammeln und räumt sie an ihren Platz. Dabei redet er unaufhörlich auf mich ein. Wie besorgt er um mich sei und wie sehr er sich einen Haushalt wünschen würde, um den ich mich mehr kümmere. Er geht zum Kassettenrekorder und stellt Asmahâns Stimme leise, noch leiser, bis er sie fast abgewürgt hat. Ich bin seine Kommentare gewohnt, bin daran gewöhnt, dass es in diesem Haus zwei Geschwindigkeiten gibt, zwei Lebensrhythmen. Seinen Rhythmus und meinen Rhythmus. Meiner ähnelt dem Gesang der Leute, die Samuel jeden Tag für ein bisschen Geld zur Arbeit in Haus und Garten holt; am Abend gehen sie wieder davon, beladen mit Essen, das ich am liebsten mit ihnen gemeinsam verzehrt hätte. Chris' Rhythmus ist mir allzu stabil und ruhig, er hat keinerlei Einfluss auf den Takt meines inneren Lebens. Dass er im Haus ist, bemerke ich nur, wenn er in sein Arbeitszimmer geht, wo er dann bis nach Mitternacht bleibt. Um diese Zeit liege ich, in eine dünne Decke gehüllt, auf meinem Bett, umgeben von hier und da verstreuten, teils angefangenen und nicht zu Ende gelesenen Romanen. Asmahâns Stimme erfüllt den Raum und begleitet mich im Schlaf bis zum Morgen. Natürlich hat er nie verstanden, warum ich die Musik laufen lasse, wenn ich doch schlafe. Er verstand auch nicht, wie ich dieselbe Aufnahme einmal, zweimal, dreimal und die ganze Nacht hindurch hören kann. Kassetten mit Liedern von Asmahân, die ich aus dem Libanon mitgebracht hatte. Andere, die mir Olga geschickt hatte, und noch andere, die selten und schwer aufzutreiben waren. Die meisten davon hatte ich in einem Geschäft am Suk al-Hamidîja gekauft, als ich heimlich mit Georges nach Damaskus fuhr, das war 1978, kurz vor Bahâs Tod. Manchmal, wenn ich so einschlafe, träume ich von Asmahân. Ich denke darüber nach, wie sie gestorben ist, eine junge Frau von sechsundzwanzig Jahren, auf dem Höhepunkt des Ruhms. Ich war ungefähr in ihrem Alter, als ich meinen Bruder verlor, als wir beschlossen, den Libanon zu verlassen und nach Australien zu ziehen. Von klein auf habe ich immer nach Berührungspunkten zwischen mir und ihr gesucht. Beide lieben wir den Gesang, sagte ich mir, wir stammen beide aus einer Bergregion, und beide haben wir verschiedene Kriege erlebt, die den Lauf unseres Lebens veränderten. Dann wieder denke ich, dass sie sich doch in vielen Dingen mir gegenüber auszeichnete. Vor allem kannte sie überhaupt keine Furcht, sie scheute kein Abenteuer und wusste nichts von dieser Angst, die seit dem Tod meines Bruders, seit Georges' Verschwinden in mir nistet, ja vielleicht schon lange Zeit davor. Fast würde ich sagen, womöglich ist es die Angst selbst gewesen, die Bahâs Tod herbeigeführt hat.

Ich bin ein kleines Mädchen, ich stehe vor meiner Mama auf der Aussenmauer des Hofs, einer breiten weissen Einfassung, und singe: »Mein Liebster, komm, folge mir, und sieh, was mir geschah ... durch deine Abwesenheit, schlaflos vor Sehnsucht beschwör ich dein Bild ... Wer käme dir gleich? Ich verberg meine Leidenschaft, und meine Leidenschaft richtet mich zugrunde ...« Papa, der etwas entfernt von uns sitzt, klatscht mir Beifall, als wäre ich wirklich Asmahân, während Mama mir ermutigend zunickt. Wenn ich irgendein Wort vergesse oder sonst einmal stocke, bewegt sie erst lautlos die Lippen. Dann, damit es mir wieder einfällt, singt sie den Anfang der Passage vor. Ihre Stimme klingt so voll, so klar, wie nie benutzt. Doch sobald ich zurückfinde in den Rhythmus, den ich für einen Augenblick verloren habe, und weitersinge, ist sie ganz schnell still. Zuweilen begleitet sie mich auch beim Singen, aber mit leiserer Stimme als meiner. Nun kommt Grossmutter Nahîl heraus und sieht, wie ich mich furchtlos auf dem Mauerrand hin und her wiege, während Mama vor mir steht und mich mit lachenden, beinah tränenfeuchten Augen anstrahlt. Wie gewöhnlich schimpft Nahîl auf ihren Sohn Salâma, und murmelnd, mit harten Worten, rügt sie Nadias schlaffe Persönlichkeit und ihr Scheitern bei meiner Erziehung.

Das alles sagt sie, ohne Nadia anzusehen, sie ignoriert einfach, dass sie da neben mir steht. Nahîl hebt mich mit beiden Händen von der Mauer herunter und schickt mich ins Haus, zu meinen Schularbeiten und zu meinem Buch. Zuletzt meint sie noch, Asmahân sei jung gestorben, weil sie ihr Lebtag nichts von unserem Herrgott wusste, und überhaupt – zu viel Trallala führe kleine Mädchen ins Verderben.

In Mombasa verbringe ich die meiste Zeit mit Samuel. Wenn er mit der Gartenarbeit fertig ist, bitte ich ihn herein, damit er sich etwas zum Abendbrot zubereitet, und mitunter leiste ich ihm dabei Gesellschaft. Nach dem Essen geht er nicht sofort heim, sondern erst noch in die Abendschule, wo er einen Malkurs besucht.

Anfangs fand ich mein Haus in Mombasa seltsam, vielleicht weil es mir vorkam wie ein mitten in den Sand gepflanzter Kaktus. Haus und Strand sind nur durch den grünen Garten, der an einer niedrigen Umzäunung endet, voneinander getrennt. Ein eigenartiger Anblick, dieser Garten, der unvermittelt an das sandige Ufer grenzt. Seit meiner Ankunft in diesem Haus, das ich nun »mein Heim« nennen muss, beschäftige ich mich den lieben langen Tag damit, Vergleiche zwischen Mombasa und Beirut anzustellen. Beide wurden sie von fortlaufenden Eroberungswellen überrollt, die jede Stadt zu dem machten, was sie heute ist. Ausserdem liegen beide am Meer. Das Meer vor Beirut bleibt freilich unverändert, weder geizt es mit seinen Fluten, noch zieht es sie zurück. Es überrascht nicht, es erschreckt nicht. Umso faszinierender ist für mich dieser Ozean mit seinem Wechsel von Ebbe und Flut. »So was habe ich noch nie gesehen!«, sage ich zu Chris. Aber er lacht mich aus und erklärt mir, alle Meere der Welt hätten ihre Gezeiten und in Beirut sei das nicht anders. »Ist es doch!«, rufe ich ärgerlich, als hätte er mir oder meiner Erinnerung etwas geraubt, das ich nicht mit ihm teilen wollte. Chris erwidert, das Mittelmeer sei das genaue Gegenteil von dem, was ich mir darunter vorstellte. Seit Homer hätten die Seefahrer aller Zivilisationen dieses Meer gefürchtet, eben weil es so unbeständig und völlig unberechenbar sei. Bei einem Ozean hingegen wüssten die Matrosen, bevor sie in See stechen, was sie zu erwarten haben. Mir ist natürlich klar, was Chris damit sagen will. Er meint mich. Doch ich mag mich auf keinen neuen Disput mit ihm einlassen, sowieso besiegt er mich wieder mit seiner Hartnäckigkeit und Rechthaberei – was dennoch an meiner Meinung über ihn und über mein Leben mit ihm nichts ändern würde. Ich erhebe mich vom Stuhl, um ein bisschen ums Haus zu gehen und meine Zigarette aufzurauchen, die ich schon ein paarmal angezündet habe, dann schlendere ich in den hinteren Teil des Gartens und suche nach Samuel, ohne ihn zu finden. Jenseits der Mauer ertönt ein Lied in Swahili und nähert sich der Pforte, nun weiss ich, dass Samuel eingetroffen ist. Vom Gartenweg her höre ich Chris' Stimme, sie klingt laut und entschieden. Bestimmt wird er gleich wütend, denke ich für mich. »Beirut ist weit weg, du bist jetzt hier!«, ruft er, und in einem Ton, der andeutet, dass dies sein letztes Wort ist, an dem es keine Abstriche zu machen gibt, setzt er hinzu: »Man braucht nicht viele Gründe, um einen Ort zu lieben und ihn Heimat zu nennen.«

Kein Morgen am Meer von Mombasa ähnelte dem anderen. Das Einzige, was ich seit meiner Ankunft regelmässig wiedersah, waren die einheimischen Händler. Wenn der Wasserpegel gesunken und die Flut ins Zentrum des Ozeans zurückgewichen ist, breiten sie ihre Waren am Strand aus. Sie erscheinen am Morgen oder während der Nachmittagsstunden, immer zur Zeit der Ebbe. Heimlich nähern sie sich von der Uferseite her. Über die Zufahrtsstrassen können sie nicht kommen, die führen zu dicht beieinanderstehenden

Gebäuden auf einem Areal mit frisch gepflanzten Bäumen. Gleichförmige Häuser, allesamt mit zwei Etagen. Häuser, die aussehen, als wären sie von einem Architekten stereotyp nach ein und demselben Grundriss projektiert worden. Dort gibt es auch viele Hunde, scharfe Hunde, darauf abgerichtet, jeden Fremden anzufallen. Die Händler, Söhne des Landes, fürchten sich vor den Hunden genauso wie vor den Hausbesitzern. Die Hunde wurden von ihren Herren aus fernen Ländern geholt, und sie leben bei ihnen in grossen Anlagen, deren Bauweise erkennen lässt, dass ihre Bewohner für immer und ewig hierbleiben. Die ausländischen Zuwanderer wissen nicht viel von den Ureinwohnern des Landes. Ihr Interesse beschränkt sich darauf, noch mehr und noch grössere Märkte für ihre Geschäfte zu erschliessen. Eigentlich wissen auch die Einheimischen kaum etwas über diese Ankömmlinge aus den verschiedensten Ländern. Das Wenige, was ihnen bekannt ist, veranlasst sie freilich, sich möglichst von den Türen ihrer stattlichen Häuser fernzuhalten. Dafür wissen sie umso besser Bescheid über die Natur, über ihre Entwicklungen und plötzlichen Umschwünge. Davor ängstigen sie sich weniger als vor uns, den Fremdlingen in ihrem Land. Mit jeder Regung des Ozeans, mit Windstärken und Wetterwechseln sind sie bestens vertraut. Sie kennen den genauen Zeitpunkt von Ebbe und Flut und nutzen die sechs Stunden, in denen das Wasser seicht und dem Ufer fern ist. Dann hängen sie ihre Waren über Seile, die sie flink zusammengedreht und an kurzen, wahllos in den weissen Sand gerammten Pflöcken festgebunden haben. Sie legen bunte, selber eingefärbte Stoffe oder kleine Holzschnitzereien aus, die in Schlichtheit und Härte ihrem eigenen Leben gleichen.

Manch einer steht einfach da und trägt seine Angebote über dem Arm – farbenfrohe Stoffe oder leichtes Schuhwerk, aus Stroh und Leder geflochten, ebenso bieten sie auch Taschen und Hüte feil. Selten, dass sie für ihre Waren Geld verlangen. Lieber sind ihnen Sportschuhe und T-Shirts mit Markenlogos oder einer Reklame für Sprudelgetränke. So tauschen sie ihre handgefertigten Erzeugnisse gegen Produkte *made in China,* auf denen Coca-Cola- und Pepsi-Dosen abgebildet sind oder Leute, die freudestrahlend Fast Food von Kentucky Fried Chicken und McDonald's verspeisen. Bisweilen verlangen sie auch Alkohol und Tabak.

In Kenia habe ich meine Zeit damit verbracht, alles zu schmökern, was mir aus dem Libanon in die Hände geriet: neu erschienene Romane und Gedichtbände, Journale, Kurzgeschichten in Zeitungen, Studien über Krieg und Nachkriegszeit oder das Abkommen von Taif, über den Libanonfeldzug zweiundachtzig und die Ermittlungen um die Geschehnisse von Sabra und Schatîla, über die Oslo-Verträge, den Iran-Irak-Krieg und die Blockade gegen den Irak. Allzu oft kam ich nicht aus Mombasa heraus. Von Zeit zu Zeit flog ich in die Hauptstadt Nairobi, um von dort ein Päckchen oder sonst eine Sendung aus dem Libanon abzuholen. Am Anfang hatte ich abgewartet, bis die Post vom Flughafen Nairobi nach Mombasa weitergeleitet wurde. Aber dann fehlte mal dies, mal das, vor allem Arrak und Orangenblütenwasser, auch einige Kassetten mit Liedern und orientalischer Musik und noch andere Sachen, die mir Olga geschickt hatte.

In Kenia erlebte ich jeden Tag, als existierte kein Morgen oder als wartete meine Zukunft auf einen Ankömmling aus der Vergangenheit. An all das denke ich jetzt zurück, und mir fallen Olgas Fragen ein, die sie regelmässig bei ihren Telefonanrufen gestellt hatte: »Was gibt's Neues? Hast du dein Glück gefunden, erinnerst du dich daran, oder hoffst du noch darauf … oder erlebst du es gerade?« Dabei wusste sie genau, dass man Glück nicht erlebt, sondern sich immer nur daran erinnert und dass es unsinnig ist, jemanden zu fragen, ob er glücklich sei.

In Kenia sterben die Bäume. Nein, nicht sofort. Lange vor ihnen sterben die Menschen. Die durchschnittliche Lebenserwartung beträgt vierzig Jahre. Nach meiner Ankunft musste ich mich erst an das Leben dort gewöhnen und das klebrige Gefühl loswerden, eine Touristin zu sein. In den frühen Morgenstunden nehme ich das Transistorradio und gehe hinaus in den Garten. Um diese Zeit höre ich auf Mittelwelle die Nachrichten aus dem Libanon. Das Radio in der Hand, stapfe ich durch den feuchten Sand. Tag für Tag, schicksalhaft, erreichen mich die Kriegsberichte. Ich lausche den Neuigkeiten aus Beirut, als wäre ein Wegweiser zum Glück in ihnen verborgen. Eine Meldung nach der anderen, und in der Schwebe dazwischen das Glück. Berichte von Leid und von Unheil, das ich nur allzu gut kenne und noch immer nicht hinter mir gelassen habe. Wie ein schmieriger Film haftet das Unglück an meiner Haut, an meiner Seele, da ist kein Entrinnen. Irgendwann weichen die Fluten zurück, weit, weit, bis ins Herz des Ozeans. Mich erschreckt dieser überraschende Rückzug des Wassers genauso, wie er mich fasziniert. Angstvoll stehe ich vor dem entblössten Ozean, der einer Wüste gleicht, einer Wüste mit schimmernden Himmelslichtern auf dem Sand. Und ich sehe mich selbst – eine barfüssige Frau, mit nichts in den Händen als einem batteriebetriebenen Kästchen, das ihr Nachrichten aus dem Libanon zuträgt. Ich stapfe davon über den weissen Grund, noch staut sich das Wasser in der Tiefe des Ozeans. Meine nackten Füsse versinken im feuchten Sand. In warmer Feuchtigkeit, die an mir hochsteigt, von den Füssen aufwärts, dem Rücken zu. Ich erschauere. Mir graust vor mir selbst und vor meinem innigen Verlangen, weiter vorzudringen in dieses Labyrinth aus Wüste und Wasser. Dennoch setze ich meinen Weg fort. Hinaus in die Wattflächen, die mir fahl entgegenscheinen wie das Gesicht eines Todkranken oder eines Gastes, der für immer Abschied nehmen muss. Aber dann kehrt das Wasser zurück, unversehens kommt es herangeschossen, und plötzlich werde ich gewahr, wie fern das Ufer liegt. Wellen umspülen mich, klatschnass klebt das Nachthemd an meinem zitternden Körper, und ein kleines Radio blubbert dumpfe Lautsignale.

Ich fliege also nach Beirut, um das Haus zu verkaufen und wieder nach Mombasa zurückzukehren. Seit mehr als elf Jahren pendele ich nun zwischen Australien und Kenia, ungefähr so lange, wie ich mit Chris verheiratet bin. Chris war Papas Hausarzt gewesen. Zwei Monate nach unserer Heirat gab er seine Praxis in Australien auf, um in Kenia ein britisches Forschungsunternehmen zur Entwicklung eines Impfstoffes gegen Malaria zu leiten, gegen ein Virus, das für die meisten Infizierten in diesem grossen, armen Land tödlich ist. Um Chris zu folgen, musste ich meine zweite Auswanderung antreten, diesmal von Australien nach Kenia.

Ich hatte keine Einwände gegen Nours Vorschlag, gemeinsam ein Taxi vom Flughafen nach Beirut zu nehmen. Als ich eben eingestiegen war, schrie ich plötzlich auf: »Ich hab mein kleines Heft im Flugzeug vergessen!« Nour trat von der Autotür zurück. Er werde gleich noch mal reingehen, sagte er, und im Flughafen nachfragen. »Ach, vergessen Sie's … ist ja zwecklos!« Hoffnungslos winkte ich ihm, dass er einsteigen solle. Als wären die Notizen in diesem Heft auf einmal nicht mehr wichtig für mich! Als hätte ich mich schon abgefunden, als wäre Verlust etwas Normales, an dem ich sowieso nichts ändern konnte. Dabei wusste ich doch, dass in diesem Notizheft alles über Joe stand, über mein letztes Rendezvous mit ihm, den Abbruch unserer Beziehung und auch über meine Rückkehr nach Beirut. Ich hatte von meinem Kinderwunsch geschrieben, von der fortwährenden Enttäuschung, dass ich nicht schwanger wurde, und vom beinahe schmerzlichen Überdruss, der mich jedes Mal packte, wenn ich mit Chris im Bett lag. Meine Notizen waren durchweg in Arabisch abgefasst. In einer fremden Stadt wie Mombasa fand ich arabische Buchstaben und Wörter vertrauter, und vor allem brauchte ich auf diese Weise nichts zu befürchten, falls Chris eines Tages mein Heft entdeckte und hineinschaute.

Als ich in Beirut ankam, begab ich mich nicht sofort zu dem Haus, in dem wir vor unserer Auswanderung nach Australien gewohnt hatten und das ich nun wiedergewinnen wollte. Ich war zurückgekehrt, nachdem mir Olga in einem Brief mitgeteilt hatte, das Ministerium für Vertriebene zahle finanzielle Entschädigungen an Flüchtlingsfamilien, wenn sie die Häuser, die sie während des Krieges besetzt hatten, wieder räumen würden. Wir fuhren in einiger Entfernung an unserem Haus in Sukâk al-Balât vorbei, näher wagte ich mich nicht heran. Ich sagte zu Nour, ich sehnte mich zurück nach meiner innigen Beziehung zu dem Haus, wie sie früher einmal war, jetzt sei alles anders geworden. Anstatt das zweistöckige Gebäude aufzusuchen, das noch immer besetzt ist, bat ich den Taxifahrer, mich auf den Berg zu bringen, zu Grossmutter Nahîl. Unterwegs auf der Bergstrasse wiederholte sich keine Szene, kein Panorama aus Felslandschaft und zerklüftetem Boden. Einem Boden, so überreich an Formen und an Farben. Die Leute halten ihn für kahl und öde, dabei bringt er das vielfarbigste, vielgestaltigste Gestein hervor, fruchtbare Felsmassive, bewachsen mit kleinen, widerstandsfähigen Büschen, deren Laub das ganze Jahr über grün bleibt.

Nahîl erkannte mich nicht auf den ersten Blick. Sie begrüsste mich kühl, flüsternd erkundigte sie sich bei Olga. Ja, sie verbarg ihr Gesicht hinter dem Kopftuch, das sie mit einer Hand über die Lippen zog, bevor sie sich umdrehte und Olga fragte, wer ich denn sei. »Na, das ist doch Myriam!«, rief Olga, die seit ihrer Kindheit bei Nahîl wohnt, und mich umarmend setzte sie fast vorwurfsvoll hinzu: »Was ist los mit dir? Hast du etwa deine Enkelin Myriam vergessen, die Tochter deines Sohns Salâma?« Sobald Nahîl meinen Namen hörte, hellte sich ihre Miene auf, sie hob den Kopf, sah mich an und reckte sich, um mit ihrer Hand mein Haar zu erreichen. Ihre mageren Finger strichen über mein Gesicht, meinen Hals, und sie küsste mich. »Du Braune, Grossäugige ...«, sang sie mit schwacher, brüchiger Stimme. Dann lächelte sie und zitierte ihren gewohnten Spruch, dass ich immer noch so schön sei wie sie – allerdings die Figur, na ja, die hätte ich von meiner Mutter, mit ihrer Schlankheit könne ich jedenfalls nicht mithalten. Ich weiss nur zu gut, dass ich mich doch ein wenig verändert habe. Ich töne mein Haar aubergine, habe sieben Kilo zugenommen und bin fünfzehn Jahre älter geworden, seit sie mich das letzte Mal gesehen hat. Ich bin fast vierzig, und wenn ich aus dem Haus gehe, lege ich Make-up auf. Trotz alledem hatte ich geglaubt, nicht zu sehr verändert zu sein und ganz bestimmt von jedem sofort wiedererkannt zu werden. Allein an meinen grossen schwarzen Augen musste man mich doch erkennen. So hatte ich angenommen, aber vermutlich habe ich mich geirrt. Verrät schon mein Äusseres die Wahrheit? Diese eine Wahrheit, dass ich nicht miterlebt habe, was die anderen erlebten? Verrät es meine lange Abwesenheit? Erscheine ich so fremd, weil ich das kollektive Gedächtnis nicht in mir trage? Dieses Gedächtnis, das sich sonst abzeichnen müsste – in meinem Blick und meiner Gestik, in meinem Gang, meinen Worten. Entfernte mich die Eskalation der Gewalt während meiner Abwesenheit so weit von denen, die ich liebe, dass sie mich jeder Vertrautheit und gemeinsamen Erinnerung beraubt hat? Löscht Fernsein nicht nur das Gedächtnis des Abwesenden, sondern auch die Erinnerung derer, die auf ihn warten?

Sie war nicht mit uns ausgereist. Sie sagte, das Leben hier unterscheide sich nicht von anderen Leben an anderen Orten der Welt, und obwohl sie niemals an einen fremden Ort gereist sei, könne sie sich alle Hauptstädte der Erde vorstellen. Sie könne sich denken, wie die Leute dort umhergingen auf den Strassen, wie sie sich kleideten und was sie assen, da brauche sie nicht erst herumzuziehen, um all das zu erfahren, das sehe sie nämlich geradeso gut von ihrer Wohnung und von ihrem Ort aus. Nach Hamsas Tod war Nahîl wieder in ihr Haus auf den Berg gezogen und dort geblieben. Die Immobilie in Sukâk al-Balât überliess sie ihrem Sohn. Sie trug die ganze Welt in ihrer Seele, ohne den Ort zu wechseln. Sie wollte auch gar nichts anderes sehen. Sie sagte, sie male sich alles selbst aus. Sie baute sich ihre Bilder aus den Nachrichten zusammen und aus dem Fernsehen, dem sie endlich doch Einlass in ihr Zimmer gewährt hatte. Ich kam zurück und fand Nahîl genauso, wie ich sie mir vorgestellt hatte – umgeben von handkopierten Büchern in einer breiten Schrift, deren Wörter ich nicht verstehe. Das *Buch der Weisheit* in Händen, sass sie da auf ihrem Bett. Es war nicht leicht für sie gewesen, dieses Buch zu erlangen, denn dass Olga, die Christin, bei ihr im Haus lebte, stimmte die Männer des Glaubens bedenklich, als Grossmutter sie um ein handgeschriebenes Exemplar gebeten hatte. Ich habe das *Buch der Weisheit* nie im Leben durchblättert. Mama besass zwar auch eins, aber es ging verloren, als wir nach Bahâs Tod unser Haus in Sukâk al-Balât verliessen. Ringsum schlugen die Granaten in Dächer und Mauern ein, Hals über Kopf mussten wir flüchten, zu Grossmutters Haus oben auf dem Berg. Wir liessen alles stehen und liegen und nahmen bloss ein paar Kleidungsstücke mit, unsere Pässe und verschiedene Papiere, die wir für die Ausreise benötigten.

Ich kehrte zurück und fand Nahîl unverändert, als wäre sie nicht älter geworden. Nur eine leichte Parkinson-Krankheit, die kommt und geht, verlangsamt ihre Bewegungen. Wenn der Anfall beginnt, zittert sie unaufhörlich, am ganzen Körper. Krampfartig zuckt ihr Kopf nach rechts und nach links, und ihre Zunge wird schwer, trotzdem kann sie weiter kommunizieren und sprechen. Sie hat sich nicht verändert, ausser dass sie jetzt ein langes weisses Schaltuch auf dem Kopf trägt. In meiner Erinnerung ist sie eine Frau mit unbedecktem Kopf und einer dicken schwarzgrauen Lockenmähne. Sogar zur Winterszeit trat sie barhäuptig aus dem Haus und liess ihr weisses Tuch auf den Schultern liegen. Unbekümmert ging sie so hinaus, vor allen Leuten. Wenn sie heimkam, war sie durchnässt, das Wasser tropfte ihr von Kopf und Körper. Ihr Gesicht glühte noch ein Weilchen, bevor es wieder verblasste, als wäre tief in ihrem Leib ein kleiner Orgasmus aufgewallt, der rasch verebbte und erlosch. Sie fürchtete niemanden, im Gegenteil, sie fühlte sich stärker als alle. Vielleicht kam dieses Gefühl auch nur von dem, was sich die Leute über sie zuraunten. Sie wurde deshalb stärker als alle, weil sie allseits berüchtigt war für ihre Fähigkeit zu starken Verwünschungen. »Gott bewahre uns vor Nahîls Fluch!«, so sagten die Leute. Sie sagten es, und gleich erzählten sie noch einmal die berühmte Geschichte von dem Offizier, der durch ihren Fluch zu Tode kam.

Es geschah im Jahre 1958. Ein Soldat drang gewaltsam ins Haus ein, um meinen Vater zu verhaften und ihn zum Verhör wegen eines Schusses abzuführen, der in der Gegend um Hadath abgefeuert worden war. Der Soldat stiess ihn grob vor sich her und dann auf den Jeep hinauf. Grossmutter Nahîl trat näher, um mit dem Offizier zu reden, der im Jeep sitzen geblieben war. Eindringlich bat sie ihn, meinen Vater freizulassen, ja sie flehte ihn an, er möge erlauben, dass er bei seiner Familie bleibe, er sei doch ihr einziger Sohn und seine Frau Nadia stehe unmittelbar vor der Niederkunft mit ihrem zweiten Kind. Aber der Offizier hörte nicht auf Nahîl. Da fiel sie mit ihren Flüchen über ihn her, sie schrie und schrie, während die Leute zusammenliefen: »So Gott will, treffe dich der Fluch und bringe dich ins Grab … so Gott will, mag er dich ins Grab bringen …« Wieder und wieder rief sie das, dabei hielt sie ihren Kopf mit beiden Händen fest, als fürchtete sie, er könnte ihr herunterfallen. Die Haft meines Vaters dauerte nicht lange, doch er hatte Schläge über Schläge auf seinen Kopf bekommen. Mein Bruder Bahâ wurde geboren, während er noch im Gefängnis sass. Die Männer der Familie berichten, es sei genau am Tage seiner Entlassung gewesen, als der Soldat die Stube des Offiziers betrat, um ihm wie gewohnt eine Tasse Kaffee zu bringen. Und er habe ihn in seinem Bett vorgefunden – mausetot.

Nahîl lachte, wenn sie diese oder jene Schauergeschichte über ihre Fähigkeiten hörte, die Schicksale der Menschen zu beeinflussen. Einmal, das war noch vor Bahâs Tod, meinte sie zu mir: »Von wegen Zauberei, so ein Quatsch, glaub das bloss nicht, das ist ja alles Schwindel. Aber an diesem Haus ist seit langem nichts Gutes mehr, schon bevor der Krieg hier ausbrach.« So sprach sie zu mir, und dann setzte sie hinzu, seit sie nach Beirut übergesiedelt sei und kaum noch die Pilgerstätten auf dem Berg besuche – Sajjid Abdallahs Grab, den Makâm Scharîf, das Heiligtum des Propheten Hiob –, seitdem sei das Haus mitsamt seinen Bewohnern in lauter Krisen gestürzt, Krisen der Gesundheit und des Vermögens und der Nachkommenschaft. Auch meiner Mutter machte Nahîl Vorwürfe. Nichts habe sie uns über die Religion beigebracht, sagte sie, und nie schlage sie das *Buch der Weisheit* auf, wo sie es doch ständig vor Augen habe. Nadia antwortete auf keine ihrer Anschuldigungen. Es war, als interessierte sie das alles nicht oder als wäre sie fortwährend mit ihren Gedanken woanders, an einem Ort, zu dem weder Nahîl noch sonst jemand gelangen konnte. Niemals aber sprach Nahîl aus, dass es eigentlich Hamsas Leben gewesen war, das die Familie zur Abkehr von der Religion geführt hatte. In dieser Sache erhob sie keinerlei Beschwerde gegen ihn. Dabei war ich sicher, dass Hamsa alle Beweggründe, die ihn hätten veranlassen können, an die Existenz irgendeines Heiligen zu glauben, ganz und gar fernlagen. Den Geschichten zufolge, die ich über ihn gehört hatte, schien er stets bereit gewesen zu sein, einen Heiligen zu demontieren, um dessen wahre Absichten zu enthüllen. Hamsa war sein Lebtag davon überzeugt, dass unser Dasein auf Erden Paradies und Hölle genug sei. Hier begannen, hier endeten für ihn die Lebensläufe der Menschen, und alles, was man nicht real erlebte, war nicht existent. Er sagte, die Menschen seien ein Sammelsurium aus Fehlern und Irrtümern. Diese Ansicht vom Leben und von der Welt gab er weiter an seinen Sohn Salâma, und nach ihm kamen wir an die Reihe, Bahâ und ich. Hamsa war sich nicht bewusst, dass wir mit dieser Denkweise, die er uns vererbte, weder die Vorstellung vom Prophetentum noch die Idee von der Heiligkeit für glaubwürdig halten konnten.

Dann entschwand der Heilige, dem Grossmutter ihr Leben lang einen festen Platz in unserem Haus eingeräumt hatte. An seine Stelle trat existentielle Verunsicherung, sie legte sich mit uns zu Bett, sie teilte unsere Träume. Das Nachdenken darüber führte mich immer wieder zu Nadias Schweigsamkeit. Manchmal ging die Phantasie mit mir durch, und ich sagte mir, Nadia sei gar nicht wegen meines Bruders Tod verstummt, sondern weil sie im Unterschied zu den Männern keine Prophetin werden konnte. Sie hatte ihre Worte nie in die Wände des Hauses eingravieren dürfen, damit alle Besucher sie lasen – und somit wäre ihr Schweigen am Ende nichts anderes als Protest dagegen gewesen. Eines Abends überfiel ich Georges in unserem heimlichen Appartement an der Arabischen Universität mit der Frage, weshalb ich eigentlich keine Prophetin werden könne, wie es jedem beliebigen Mann zustehe. Er antwortete nicht, stammelte nur lächerliches Zeug, etwa wieso meine Fragen immer derart unweiblich sein müssten. »Warum bin ich bloss mit einem solchen Frauenzimmer geschlagen!«, rief er mit der üblichen theatralischen Pose, indem er die Arme emporreckte, als spräche er zu einem Dritten zwischen uns – zu Gott! Danach rückte er näher und beugte sich über meinen Mund, um mich zu küssen. »Dafür bist du meine Prophetin«, raunte er und sprang mit einem Satz aus dem Bett. Ich spürte weder seinen Kuss, noch vernahm ich sein Bekenntnis. Mein Kopf war viel zu beschäftigt mit den Problemen der Prophetie!

In meiner Kindheit und Jugend hatte mich Nadias Schweigen empört, ich konnte durchaus nicht verstehen, wieso sie Nahîl nicht entgegentrat und sich verteidigte. Warum sprach sie nur, was unbedingt nötig war, um dies und das zu regeln – Belange des Haushalts und der Schule, der Kocherei und Gesundheit? Ich wusste nie, ob sie zum Beispiel gerade froh und glücklich war oder aber traurig und leidend. Niemals sagte sie, was sie fühlte. Immer ging es um Dinge ausserhalb ihrer Seele und ihres Körpers. Dinge, die sie nicht berührten. Nadia schien mir wie ein Gast auf Erden, es war, als wollte sie nichts verändern, weder erben noch vererben, weder nehmen noch geben. Wenn ich jetzt an sie denke, fällt mir zuerst jener Eindruck wieder ein, den sie Bahâ und mir vermittelte: dass sie keinerlei Kraft und Stärke besass. In unserer Unbekümmertheit, die wohl allen Kindern in meinem und meines Bruders Alter eigen ist, konnten wir mit ihr umspringen, wie wir wollten, konnten ihr sagen, was uns einfiel, hemmungslos. Vielleicht entstand Mamas Schweigen aus ihrer Überzeugung, dass Vollkommenheit allein in den himmlischen Büchern existiere und keine Beziehung zum wirklichen Leben habe. Sie unterschied sich darin nicht allzu sehr von Grossvaters Sicht auf die Welt, in der wir leben. Wie er schaute und begriff sie, ohne jedoch zu handeln. Nie habe ich Nadia im *Buch der Weisheit* lesen sehen. Zeitungen ja, auch Journale und belletristische Bücher sah ich sie lesen, überhaupt jede Erzählung, die ihr in die Hände fiel. In ihrem tiefsten Innern glaubte sie, Religion sei Liebe. Und das war es, was sie uns schenkte, ohne Gegenleistung, ganz umsonst.

Ich fliege von Südafrika zurück nach Mombasa. Eva, meine österreichische Nachbarin, begleitet mich mit neuen Publikationen über Versteppung und Dürre, die sie als Teilnehmerin an einer Umweltkonferenz von den Auslagetischen eingesammelt hatte. Ausser den Büchern und ihren Sachen hat sie Geschenke für ihren Ehemann dabei. Und ihre beiden Kinder, mit denen sie die tagungsfreie Zeit verbracht hatte, im Hotelzimmer, am Swimmingpool oder im Mietwagen bei Ausflügen zu den Wasserfällen und zum Shopping. Ich nehme bloss mein halbleeres Köfferchen mit zurück und einen kleinen Welpen, ein Geschenk von Joe. Immer, wenn ich mit Eva zusammen bin, wäre ich so gerne Mutter. Ich vermisse das Mutterglück, das mir beschieden gewesen wäre, wenn ich mein Baby behalten und nicht aus Angst vor einem Skandal und vor irgendwelchen Leuten in Beirut abgetrieben hätte. Seit damals möchte ich es wiederhaben, aber das geht ja nicht.

Die Migräne folgt mir wie ein Schatten. Daheim falle ich in mein Bett, es hat mir gefehlt. Chris schleicht heran, er will mich streicheln, er schliesst mich in die Arme und presst seinen Körper fest an mich, wobei er versucht, mir das Nachthemd auszuziehen. Mein Körper wehrt sich, klappt zu wie ein vergessenes Fenster, das hastig verriegelt wird. Die Migräne lässt mich keinen Moment los, sage ich zu ihm, während ich mich rundum in meine Decke einpuppe. Ich sage das, weil ich weiss, dass es die einzige Methode ist, ihn mir vom Leibe zu halten. Ich meide seine Nähe, seit ich von meinem Arzt erfahren habe, dass eine Schwangerschaft unmöglich ist. Chris fragt mich scherzhaft, ob ich dort vielleicht einem begegnet wäre, der mir besser gefiele, und mit unsicherer Stimme setzt er hinzu, er hätte damit kein Problem. Ich antworte nicht. Zwischen Wachen und Schlafen denke ich, dass ihn meine Einsamkeit mit ihm wohl zu ermüden beginnt. Einsamkeit, die er lieber als Treue bezeichnet, als Resistenz gegen flüchtige Auslandsaffären. Die stumme Last unserer Beziehung bedrückt ihn, denn in seinem tiefsten Innern weiss er, dass zu viel Ernsthaftigkeit dem Leben abträglich ist. Trotzdem zieht er es vor, seinen Part zu spielen, wie es sich für einen Ehemann gehört. Ich überlege auch, dass ich mich in diesem Augenblick nur zufällig neben ihm befinde, gebunden allein durch ein vertracktes Dilemma: Ich liebe ihn nicht genug, um mein Gebundensein und das Warten auf die Abreise zu vergessen, und ich hasse ihn nicht genug, um wirklich abzureisen.

»This means it is over; the relationship ist over!«, kommentiert Eva, nachdem ich ihr von meinen Skrupeln erzählt habe. »Das heisst, es ist aus, zwischen euch ist Schluss …« Sie sagt das in einem Ton, als hätte sie Wunder was entdeckt.

»Aber wer redet denn von fehlender Liebe oder vom Aus für die Beziehung?«, frage ich sie, und ich denke: ist doch ganz normal, was ich durchmache, das ist geradeso wie die Bewegung des Ozeans vor meinem Haus in Mombasa, wie der Wechsel von Ebbe und Flut. Was ich erlebe, hat nichts zu tun mit Mangel an Liebe oder dem Ende der Beziehung – nein, nein, auf gar keinen Fall! Das ist nichts weiter als ein permanentes, endlos wiederholtes Aufräumen meines emotionalen Haushalts.

Am Anfang meiner Ehe mit Chris hatte ich geglaubt, es handele sich um ein Missverständnis, das mit unseren unterschiedlichen Sprachen zusammenhing und bestimmt aufhören würde, wenn ich mich nur klar und deutlich ausdrückte. Allerdings merkte ich bald, dass diese Methode die Kluft noch vertiefte, denn das Klarstellen beseitigte auch jede Illusion einer Chance, etwas Positives zwischen uns aufzubauen, und bestätigte so immer aufs Neue, dass unser Problem eben kein Missverständnis war, sondern Fremdheit, die mit der Zeit weiterwuchs und einen Verlauf nahm, von dem es ein Zurück mehr gab.

»Lost in translation!«

Einfältig wiederholte er seine Phrase, mit der er die Schuld auf den Unterschied der Sprachen zu schieben versuchte, wiederholte sie im Bemühen, dennoch Berührungspunkte zwischen uns zu finden. Mich aber traf seine Anspielung wie eine Beleidigung. Wenn ich sie hörte, hatte ich das Gefühl, als belegte er mich mit Schimpfworten. Nicht der Sprachunterschied war das Problem, sondern Sprachlosigkeit. Doch sosehr mich unsere Disharmonie auch belastete, nach einer Weile ergab ich mich drein. »Ergeben« ist hier nicht das richtige Wort, fast möchte ich sagen, allmählich amüsierten mich unsere Missverständnisse, ja ich verkniff mir absichtlich Erklärungen. Es hatte lange gedauert, bis ich die Lust an der Mehrdeutigkeit entdeckte. Eine Entdeckung, die freilich mit einer anderen einherging: ich registrierte, dass ich etwas vermisste, etwas entbehrte – das Vergnügen, mich von einem Mann zum Lachen bringen zu lassen. Von da an lachte ich einfach von selbst los und liess Chris rätseln, was mich derart erheiterte. Ich wusste, dass es ihn nervös machte, aber ich konnte nichts dagegen tun. Schliesslich gewöhnte er sich daran. Er begann mein

Verhalten auf unsere unterschiedlichen Voraussetzungen für das Eheleben zurückzuführen. Da er zuerst eine Britin und dann eine Iranerin geheiratet hatte, glaubte er vielleicht, die Ursache für unser gestörtes Einvernehmen läge in meiner zu geringen Erfahrung und mangelnden Einsicht in Dinge der Ehe und Zweisamkeit. Eigentlich fällt es mir schwer zu begreifen, was ihm seine Ehe mit einer Dritten bedeutet, die in Reife, Bildung und Alter so ganz anders ist als seine beiden Exfrauen. Eines aber habe ich genau begriffen: Während meiner Reise werde ich ihm nicht fehlen. Nie wird er solchen Verlust empfinden, wie ich ihn erleide, wie er Teil meines Lebens geworden ist. Ich weiss, dass er mir trotz allem eine Menge Briefe schreiben wird. Briefe, in denen er mir zunächst seinen Tagesablauf schildert, um danach unweigerlich auf unsere gemeinsamen Erinnerungen abzuschweifen: wie er mir zum ersten Mal im Flughafen begegnet war, als ihn das australische Sicherheitspersonal zur Kontrolle hinzuzog, denn immer, wenn mein Vater die elektronische Schleuse passierte, piepste der Detektor wegen des Splitters in seinem Kopf. Chris wird mir auch beschreiben, wie wir uns dann zum zweiten Mal in seiner Praxis trafen und wie er uns in Adelaide nach dem Umzug von Onkel Jûssufs Wohnung in unsere eigene ab und zu besuchte, um Papa gesundheitlich weiter zu betreuen.

Beim ersten Mal war er sofort, als er den separaten Raum im Büro der australischen Flughafenpolizei betrat, auf Papa und mich zugeeilt, hatte uns begrüsst und sich für die Verspätung wegen eines Notfalls im Krankenhaus entschuldigt. Ich erinnere mich nicht, wie sein Gespräch mit Papa begann, doch kaum hatte er erfahren, dass wir soeben aus dem Libanon eingetroffen waren, rief er, dort sei er ja auch geboren und der Ort Schamlân sei ihm ein Begriff, aber seit seiner Ausreise achtundfünfzig habe er den Libanon nie mehr besucht. Er erwähnte sogar Leute aus Schamlân, die Vater kannte. Wenn Chris bei uns vorbeischaute, entspannte sich mein Papa, und seine Nervosität liess nach. Chris trat ganz ruhig zu ihm, wie ein gütiger Vater klopfte er ihm mit der Hand auf die Schulter. Zwischen den beiden Männern entstand eine Verbundenheit, die sich rasch festigte, geradeso als wären sie zwei alte Freunde. In Chris' Gegenwart verblassten Papas Krankheitssymptome. Gemeinsam mit ihm erinnerte er sich so mancher Geschichte, die im Libanon zu einer Zeit passierte, als ich noch gar nicht geboren war. Bald kam Chris regelmässig, um sich zu erkundigen, wie es ihm ging, und eine Partie Backgammon mit ihm zu spielen, jenes Brettspiel, das Salâma seit Bahâs schrecklichem Ende fast vergessen hatte. Ich hoffte, Chris' Anwesenheit unter uns könnte vielleicht helfen, die Wunden unserer von Tod und Verlust schwer geprüften Familie zu heilen. So bahnte sich zwischen uns eine Beziehung an – mehr als Freundschaft wollte ich nicht –, die sich im Laufe der Zeit zu einer angenehm leidenschafts- und sehnsuchtsfreien Routine entwickelte. Ich weiss noch, wie er mich bei unserer ersten körperlichen Begegnung fragte, ob er seine Kleidung vor mir ablegen dürfe. Ich fand das abwegig und lächerlich. Vier Jahre nach meiner Ankunft in Adelaide haben wir geheiratet, nachdem ich die Hoffnung, Georges jemals wiederzusehen, endgültig aufgegeben hatte. Meine Heirat mit Chris war wie eine Belohnung für sein Interesse und seine Fürsorge um einen Kranken, der mein Vater war und dessen Verrücktheit zu ertragen mir allein immer schwerer fiel. Ausserdem wünschte ich mir ein Kind, das mir das in Beirut verlorene ersetzen sollte, jenes Baby, das ich abgetrieben hatte, um den Skandal abzutreiben.

Meine Heirat war kein Kind der Liebe, eher wohl der Überzeugung. Eheschliessung zur »Abfertigung unerledigter Lebensfragen«, konstatiert Eva, etwa so wie Firmen eine Fracht oder eine Ladung Importwaren abfertigen. Eva sieht in meiner Ehe ohnehin eine Verbindung, die mehr mit der Vergangenheit als mit der Zukunft zu tun hat. Damit könnte sie sogar recht haben, sage ich zu ihr. Es war ja keine Liebe zu Chris gewesen, sondern Faszination und ein trügerisches Gefühl der Sicherheit, das er mir bot. Erst später entdeckte ich, dass alle Anzeichen von Geborgenheit, die ich empfunden hatte, überhaupt nicht mit ihm selbst, mit seiner Persönlichkeit oder seinen Eigenschaften zusammenhingen; dass sie vielmehr von den schlimmen Umständen herrührten, die meine Biographie verändert und mich verwandelt hatten – von einer Frau mit Zukunftsträumen in eine, die nur noch ihre von der Vergangenheit entstellte Gegenwart zu reparieren versucht. Jeder von uns beiden, Chris und ich, lebt für sich in einem anderen Tal, wie es so schön heisst. Das alles bekenne ich Eva, und ich fahre fort, dass ich geglaubt hätte, nach meiner Heirat besser schlafen und die Angst überwinden zu können. Stattdessen fühlte ich mich unruhig an seiner Seite. Unruhig, weil er so selten bei mir sei und mich allein lasse. Unruhig, weil das Einvernehmen fehle, weil ich vereinsamt sei, getrennt von meinen Freunden in Beirut. Eva, die gerade einen Teig mit Trockenfrüchten knetet, unterbricht mich. Sie stoppt das elektrische

Rührgerät, das einen Höllenlärm macht, und erklärt mir, ich würde die Dinge über Gebühr verkomplizieren. Sie hebt ihre feuchten, teigbeschmierten Finger, um sich mit dem Handrücken die blonden Strähnen aus der Stirn zu streichen, dann setzt sie hinzu, ich müsse wohl übergeschnappt sein. So weit ihr Kommentar zu meiner Bemerkung, ich könne gar nicht begreifen, warum Chris mich liebe, und so seltsam es sei, aber seine Art, mich zu lieben, würde ich nie und nimmer verstehen. Ich sagte, jedes Mal, wenn ich über Chris nachdächte, käme ich mir vor wie exotisches Obst: sieht er es vor sich, möchte er es gleich verschlingen, ist es weg, hat er's schon vergessen. Immer müsste ich dieses exotische Obst sein, ob ich wolle oder nicht. Müsse die Frau aus dem Orient sein, die Fremde von fernen Gestaden, die nichts mit den Frauen seiner Familie gemein hat. Freilich hätte ich das Spielchen bald durchschaut und mich daraus zurückgezogen, ausgeklinkt ohne Vorankündigung. Vielleicht sei er ja überrascht gewesen, dass ich so gar keine Ähnlichkeit mit den Schönen aus *Tausendundeiner Nacht* hatte, dass ich ihm keine Märchen erzählte, um ihn in den Schlaf zu lullen und mich damit zu retten. Mein Rettungsmittel sei das Schweigen. Vermutlich sei es das gewesen, was die unausgesprochene Übereinkunft zwischen uns seit der Heirat zunichtegemacht habe. Und ich dachte: Er wird mir viele Briefe nach Beirut schreiben, aber ich werde sie nicht beantworten. Bei der Wahl zwischen Korrespondenz und Unterhaltung mit Chris ziehe ich allenfalls das Telefongespräch vor – falls denn unbedingt etwas besprochen werden muss –, und zwar aus dem einfachen Grund, weil es schneller erledigt ist und nichts davon zurückbleibt.

Als wäre mein ganzes Leben mit ihm nur ein Schriftzug im Sand gewesen. Eva sammelt die Schüsseln ein, die sie für den Kuchenteig benutzt hat, und sortiert sie in den Geschirrspüler. »Jawohl, übergeschnappt!«, wiederholt sie. »Was du daherredest, ist alles bloss literarisches Geschwafel und hat mit dem wirklichen Leben nichts zu tun.«

Während unserer gemeinsamen Jahre in Kenia beteuerte mir Chris unablässig, dass er mich liebe und dass er nie mehr mit einer anderen leben könne. Trotzdem mäkelte er an allem herum, was ich tat oder sagte, und begründete es mit meiner launenhaften Unbeständigkeit. Womit er wohl recht haben dürfte. Oft fühle ich selbst, dass ich zu vielen Dingen keine klare Position beziehe, dass ich nicht weiss, wie ich die Welt einschätzen soll. Wie zum Beispiel definiere ich »Dämmerung« – ist sie das erste Hereinbrechen der Dunkelheit oder das letzte Verglimmen des Tageslichts oder beides zusammen? Wie oft verglich ich unsere Verschiedenheit mit zwei Menschen. Der eine lebte sein Leben und baute sich seine Konstanten in dem Glauben, alles, was er erfahren und gelernt habe, sei absolut richtig und unbestreitbar und demzufolge habe er ausgelernt. Der andere hingegen hat jeglichen Glauben an jedwede Konstante verloren, und das in einem solchen Ausmass, dass seine Existenz nur noch aus Skepsis und Zweifeln besteht. Dieser zweite Mensch bin ich.

Was ihn am meisten ärgerte, war meine Unfähigkeit, unseren Sommerurlaub zu planen. Er verlangte von mir, ich sollte festlegen, wann und wohin wir gemeinsam verreisen – ob nach Australien, um in Sydney seine Kinder aus früherer Ehe und in Adelaide meine Eltern zu besuchen, oder in irgendein anderes Land. Und immer antwortete ich: »Mal sehen … morgen.« Er hielt meine Erwiderung für einen Ausdruck von Desinteresse, dabei war ich mir nicht einmal sicher, ob es überhaupt ein Morgen gab. Ich sagte zu ihm, mein Leben im Libanon habe mir nie erlaubt, länger als einen Monat vorauszuplanen, wie könne er da von mir erwarten, dass ich jetzt schon ein Programm für den Sommerurlaub beschliesse, wo wir doch gerade erst Februar hätten. Ich sagte ihm, Planungen gehörten zu einer Kultur, die mir ungewohnt sei, das müsse er nun mal einsehen. Ich sagte, mein Bruder Bahâ habe sich damals auch auf eine Urlaubsreise vorbereitet, das Flugticket nach Istanbul steckte in seiner Jackentasche, als er getötet wurde. Aber Chris fand in meiner Entschuldigung nur einen neuen Grund, mit mir herumzudiskutieren. Meine Rechtfertigungen provozieren ihn, er versteht sie nicht – wie jeder Mensch, der in seinem Leben keinen Krieg durchgemacht hat. Ich sei ja nun weg aus dem Libanon, wendet er ein, da wäre es wohl an der Zeit, endlich zu vergessen und mich an mein Leben mit ihm, egal ob in Australien oder in Afrika, zu gewöhnen. Mitunter erklärte er sich meine trübe Stimmung aus der dunklen Kleidung, die ich seit Bahâs Tod trage. Sie ist mir zum Lebensstil geworden, der sich schwerlich ändern lässt; ich kann einfach keine farbenfrohen Sachen mehr kaufen. Warum ziehst du dieses dunkle Kleid an?, fragt er. Du siehst so trübsinnig darin aus! Warum isst du keinen kalten Braten und keine Würstchen mit mir zum Frühstück? Ärgert dich irgendwas? Hat Olga am Telefon wieder etwas geäussert, das dich bekümmert? Warst du heute bei deinem Arzt? Bei welchem von beiden, beim Psychotherapeuten oder beim Gynäkologen? Wie lief der Arabischunterricht? Und die Englischstunden? Er spult seine Fragen ab. Hört sich meine knappen, mürrischen Antworten an, die nichts Neues vermelden und an unserer Situation nichts ändern. Dann geht er.

Ab und zu hatte ich das Gefühl, mir grössere Mühe geben zu müssen, um etwas an meiner Lage zu verbessern, an der Haltung zu meinem Umfeld, zu Chris' Beziehungen, zu unserem gesellschaftlichen Leben. Nach ein paar Wochen allerdings griff er ein und meinte, ich hätte mich sicher überanstrengt. Er wisse ja, dass ich den guten Willen, aber eigentlich gar keine Lust hätte, immer mit seinen Freunden und deren Frauen zu Abend zu speisen und vor allem andauernd in einer fremden Sprache zu reden. Er zeigte Verständnis, doch ich spürte, dass sich hinter dieser Anteilnahme bittere Enttäuschung verbarg, die er mit aller ihm zu Gebote stehenden Geduld zu unterdrücken suchte. Wenn die Resultate seiner Labortests und Experimente unbefriedigend ausfielen, suggerierte er mir, die gesamte Arbeit der letzten Monate sei für die Katz gewesen, weil er aus Sorge um mich nicht richtig geschlafen habe. An jedem Rückschlag, der ihn oder seine Arbeit traf, war ich schuld. In der ersten Zeit glaubte ich alles, was er sagte, und mit schlechtem Gewissen beschloss ich, fortan meine Zeit nur ihm zu widmen. Nachmittags hielt ich mich fast ständig zu Hause auf, meistens las oder schrieb ich, und was ich schrieb, bekam niemand ausser Olga zu lesen. Die Morgenstunden verbrachte ich mit dem Englischunterricht, den ich einigen Alphabetisierungsklassen in Mombasa erteilte, ausserdem gab ich Privatstunden in arabischer Sprache, während Chris arbeiten ging und das Geld verdiente. Aber ein paar Jahre später hatte ich begriffen, dass er all seine Energie ausschliesslich in die Arbeit investiert. Im selben Moment, wenn er aus dem Haus tritt, vergisst er den Ort, den er verlassen hat, vergisst, wer darin gewesen ist – und hat mich vergessen. Inzwischen bin ich überzeugt, dass seine unbefriedigenden Arbeitsergebnisse von ihm allein abhängen und dass ich gar nichts damit zu tun habe. Trotzdem blieb meine permanente Traurigkeit für ihn ein Thema, das er bei Bedarf auch mal vor seinen Freunden und Kollegen erörterte.

Chris erstellt Statistiken der Malariakranken, er versucht sie zu retten. Auch ich bin krank, infiziert von stummer Wut und lähmender Angst, doch mich wird er nicht retten können. Gegen mein Leiden brauchte es sehr viel spielerische Unbeschwertheit, und Chris ist kein guter Spieler. Er weiss überhaupt nicht, wie man spielt. Nicht einmal mit dem Hund hat er je herumgetollt. Seit ich Goofy von Südafrika mitbrachte, schimpft er nur mit ihm, als ob er ahnt, von wem ich ihn habe, und will ihn unbedingt loswerden. »Spielen ist die wichtigste Erfindung des Menschen«, sagt Samuel, sein Gesicht an Goofys Kopf reibend. »Aber eigentlich nicht bloss des Menschen«, fährt er fort. »Schauen Sie doch, wie die Tiere spielen und sich freuen!« Samuel hebt die Stimme, er weiss, dass er lauter sprechen muss, damit ich ihn höre und dann gar nicht anders kann, als aus meinen Grübeleien zu erwachen und mich ihm zuzuwenden. Chris spielt nie … dafür hat er seine Gewohnheiten. Neuer Tag, üblicher Ablauf. Sieben Uhr dreissig Aufbruch ins Labor, dreizehn Uhr Rückkehr, nach dem Mittagessen Siesta, fünfzehn Uhr dreissig ab ins Labor, Arbeiten bis neunzehn Uhr.

Eines Tages wird die Malaria noch infolge dieser Routine grassieren, infolge ihrer Gewöhnung an seine Gewohnheiten!

Ich dagegen bin mir keiner Sache sicher. Ich könnte genauso gut etwas ablehnen, wie ich es akzeptiere. Und je mehr ich mich über die Jahre in Mombasa einlebte, desto schwieriger fand ich es, mir Gewohnheiten anzueignen. Aber was ist schon eine Frau, die nicht ihre kleinen Marotten hat, und sei es ein allmorgendliches Tässchen Kaffee im Bett? Er schleicht sich heran, und in der Überzeugung, seine Hand verfüge über die Zauberwirkung jenes Serums, an dem er so unermüdlich arbeitet, legt er mir den Arm um die Schulter. Binnen weniger Minuten verliert er die Geduld und geht hinaus, nachdem er sich zum tausendsten Mal mein Klagelied anhören musste: dass ich mich danach sehne zu spielen, dass Spielen keine Altersgrenze hat, dass ich hier langsam verkümmere. Er lässt mich liegen und geht. Ich stelle den Kassettenrekorder wieder an, und Asmahâns Stimme erhebt sich, strahlend, triumphierend, als wollte sie mich rächen. Ich wende mich von neuem dem Buch zu, das ich in Händen hielt, bevor Chris bei mir eintrat. Und ich lese: »Nietzsche hatte recht, als er sagte, die Ursünde treibe uns zu fortwährendem Ressentiment. Gott sei eine tödliche Erfindung, und wir könnten schwerlich an einen Gott glauben, der nicht tanzt.«

In Mombasa habe ich Eva von meinem libanesischen und meinem australischen Leben berichtet. Nun, da ich zurück bin in Beirut, fällt es mir umso leichter, Olga meine kenianische Geschichte zu erzählen – Olga, nach der ich mich gesehnt habe, die sich nach mir sehnte. Aber wozu sich jetzt noch an all das erinnern, was hinter mir liegt? Bleibt denn die Vergangenheit auf immer und ewig Teil unserer Gegenwart, verschwindet sie niemals? Während ich Olga mein Leben in Kenia schildere, denke ich an Nour und was da zwischen uns geschehen war. Seltsam, wie ich ihn getroffen hatte. Als wäre ich nicht von Kenia aufgebrochen und hierhergekommen, um ein verlorenes Haus zurückzuerlangen, sondern um ihm, ja ausgerechnet ihm, zu begegnen. Ich befinde mich wieder in Beirut, wieder auf der Suche nach einem tanzenden Gott – und werde doch nichts finden als einen Gefährten auf der Reise in meinen Verlust.

Chris hat mir einen zweiten Brief geschickt. Dabei bin ich gerade erst zwei Monate hier. Ich habe das Gefühl, er hat seine Briefe schon geschrieben, bevor ich ihn verliess.

Ich verreise nicht gern mit Chris nach Australien. Ich muss dann immer so viel Zeit mit ihm verbringen, wenn er von einer Stadt zur anderen fährt, um seine Kinder und seine Familie zu besuchen. Er besteht darauf, dass ich ihn begleite, dabei möchte ich nur daheim bei meiner Mama bleiben und ihr zuhören, was sie über Papa und über sich und ihre Arbeit berichtet. Wir unterhalten uns in Englisch, Mama und ich, aber das stört mich nicht. Mir genügt, dass sie überhaupt wieder redet, ganz egal, in welcher Sprache. Das letzte Mal, als ich nach Adelaide kam, empfing mich Nadia weniger schweigsam und mit Worten, die ich seit langem herbeigesehnt hatte. Wir umarmten uns, als hätte jede die andere verloren geglaubt und wiedergefunden. Inzwischen hat sie Englisch-Intensivkurse besucht, und ihre Schweigsamkeit ist völlig überwunden, sobald sie sich in der fremden Sprache äussert. Vor ein paar Jahren hat sie bei einer Organisation, die sich um Emigranten aus Bürgerkriegsländern kümmert, in Teilzeit zu arbeiten begonnen. Sie brachte mir einen kleinen grauen Kater angeschleppt. Zugelaufen, sagte sie, eines Morgens habe sie ihn vor ihrer Haustür gefunden. Sie habe ihn hereingelassen, ihn gebadet und gefüttert und ihm einen ausländischen Namen gegeben. Grey heisse er, nach seiner Farbe. Ein Kater als Ersatz für ihre Katze Pussy in Beirut. Ich freute mich für Mama, sie war so glücklich wie ein kleines Mädchen, das gerade die ersten Schritte gewagt hat. Mama hat sich eingelebt in Australien. Als ich ihr etwas über den Libanon vorlas, meinte sie bloss, davon wolle sie nichts hören und auch nicht wieder dorthin zurückkehren.

Ich begleite Nadia und Salâma in den Park. Salâma läuft ein paar Schritte vorneweg, am Eingang grüsst er den Parkwächter und die Reinigungskräfte. Lange bleibt er nicht bei uns sitzen, dann geht er wieder hinaus, und schon rennt er über die Strasse, von links nach rechts und von rechts nach links. »Hier hat man viel mehr Achtung vor mir. Ich merke, dass ich hier ein geachteter Mensch bin.« Das sagt er jedes Mal zu mir, wenn er sein wohl einziges Hobby in Adelaide ausübt – die Strassenendlosüberquerung. Salâma eilt aus dem Park und marschiert los, immer hin und her auf dem Fussgängerüberweg. Die Autofahrer sind schockiert, panisch treten sie auf die Bremse, um ihn nicht zu überrollen. Alle Autos stoppen für ihn, und Papa setzt freudig und stolz seinen Weg zum anderen Gehsteig fort. Wenn die Autos starten, stossen die Chauffeure englische Flüche und Verwünschungen aus, was meinen Papa freilich völlig kaltlässt. Er begreift nicht, was sich rings um ihn herum abspielt. Er weiss nur, dass im selben Moment, wenn er aus dem Haus oder dem Park auf die Strasse tritt, die ganze Welt für ihn stillsteht. Autos bremsen und fahren los, andere Autos kommen, bremsen und fahren weiter. Salâma überquert pausenlos die Strasse von einem Gehsteig zum gegenüberliegenden. An der Ampel wechselt die Farbe von Rot über Gelb zu Grün, Salâma aber treibt ungerührt sein Spielchen, bis alle Autos wild zu hupen beginnen. Ein Fahrer streckt den Kopf aus dem Fenster und beschimpft Salâma, der nicht versteht, was man ihm sagt, sondern mit gerecktem Kinn stracks drauflos marschiert. Gerät er selbst einmal in Rage, bleibt er mitten auf der Strasse stehen und verwarnt den Chauffeur, der seinem Frust Luft gemacht hatte: »Du weisst wohl nicht, mit wem du sprichst, du Grünschnabel!« Sein Zorn währt indes nicht lange, bald weicht er wieder einem freudigen Lächeln. Salâma lächelt den bunten Autos zu, die trotz des trüben Himmels so schön glänzen. Autos, die bei Dunkelheit funkeln wie Katzenaugen in den Gassen von Beirut. Doch nun er ist nicht mehr in Beirut, denke ich, während ich neben Mama sitze, die in einem Buch liest. Neben meiner Mutter, die meines Vaters Wahnsinn gewohnt ist und ihn hinnimmt als ein Schicksal. Beklommen beobachte ich, wie er seinen Mund zu einem breiten Grinsen aufreisst. Unaufhörlich pendelt Salâma zwischen den Gehsteigen hin und her. Eine Bewegung, die mich nach einer Weile so ermüdet, dass ich nicht mehr hinschauen kann. »Lass ihn nur, lass ihn«, sagt Mama, die sich mit seiner Verrücktheit auskennt. »Keine Sorge«, setzt sie noch hinzu. Plötzlich geht ein Platzregen nieder, aber meinen Papa kümmert das nicht. Wir hätten Juli, Hochsommer!, meint er, und die kleine Husche sei ja bald vorüber. Papa will nicht akzeptieren, dass der Winter hier im Juli beginnt und dann Monate andauert. Er hebt den Kopf, starrt hinauf in den grauen Himmel, zu den Wolken, die ihn doch nicht erreichen können, ebenso wenig wie die Wörter. Worte, die verletzen, Grossvater Hamsas Worte, die eingegraben blieben in seinem Kopf, in seinem Körper, seiner Seele. Auch nach Hamsas Tod ist Salâma nicht von ihrer Gewalt genesen. Er genas nicht, obwohl jene Worte der Gewalt nie mehr zu ihm durchzudringen vermögen. Ich verlasse die Holzbank am Weg und sprinte zu ihm, während sich Mama vor dem Regen zu einem nahen Kiosk im Park flüchtet. Ich versuche, Papa zu stoppen. Aber er schreitet mit völlig durchnässter Kleidung weiter über den Zebrastreifen, auf die andere Strassenseite. Ich weiss nicht, was ich machen soll. Ich schaue mich nach Mama um und sehe, wie sie, das Buch als Regenschutz über den Kopf haltend, auf uns zugerannt kommt. Ich packe Papa am Ärmel, das Wasser trieft ihm aus den Haaren, über die Augen, übers Gesicht. Endlich langt Mama bei uns an und streckt ihren Arm nach Salâma aus. Unverständliches vor sich hin murmelnd, bleibt er ganz friedlich stehen. Er hakt sich bei Nadia unter, und zu dritt laufen wir eilig durch den Park unseres Viertels in Paradise. Beim Überqueren der Strasse holt Mama schon den Hausschlüssel aus ihrer Handtasche. Bald wird es dunkel, sagt sie, jetzt müssen wir heimgehen.

Während der ersten Zeit nach meiner Rückkehr in den Libanon hatte ich eine Menge Dokumente beschaffen und im Ministerium für Vertriebene einreichen müssen. Man erklärte mir, es sei eine Angelegenheit von wenigen Tagen. Inzwischen bin ich über drei Monate in Beirut, und noch immer fülle ich irgendwelche Papiere aus, deren Sinn und Zweck mir schleierhaft ist. Beim letzten Mal habe ich fast identische Fragebögen beantwortet wie beim Besuch davor. Als ich erstaunt, ja ungehalten reagierte, entgegnete mir der Beamte mit unverhohlenem Spott: »Macht nichts, Madame, das übt im Schreiben.«

Wozu bin ich zurückgekehrt?, frage ich mich. Mache ich mir Selbstvorwürfe, indem ich den Beamten verwünsche? Warum bin ich hier? Ich hätte Olga oder sonst jemandem eine Vollmacht schicken können. Aber nein, sie verlangten, mein Vater müsse persönlich erscheinen, weil es für das Haus einen Interessenten gebe, der die Immobilie kaufen wolle, um sie abzureissen und an ihrer Stelle ein Hochhaus mit Blick auf das kriegszerstörte Beiruter Zentrum zu errichten, dessen Wiederaufbau bereits von einer Privatfirma in Angriff genommen worden sei. Papa war freilich in seine Wahnvorstellungen versunken, ich musste ich ihn erst mehrere Tage auf den Besuch beim Notar in Adelaide einstimmen, damit er für mich eine Vollmacht in dieser Angelegenheit unterzeichnete.

Seit meiner Ankunft in Beirut habe ich noch keinen meiner Freunde getroffen. Nour ist der Einzige, der mich besucht, inzwischen fast täglich. Das kleine Appartement, das ich gemietet habe, liegt abseits am Ende des Korridors in der zweiten Etage eines heruntergekommenen Gebäudes nahe der Amerikanischen Universität. Als es heute an meine Tür klopfte, hatte ich nicht mit Besuch gerechnet. Draussen stand Nour, er umarmte mich wie ein alter Bekannter. Ich freute mich, ihn zu sehen, es war, als hätte er hier auf mich gewartet. Dieser Mann ist etwas ganz Besonderes für mich. Die Begegnung mit ihm ist notwendig geworden, um meine Verbindung mit Beirut wiederherzustellen – die Begegnung mit einem Mann, der zurückgekehrt war, um seinerseits eine verlorene Verbindung aufzuspüren!

Wir verliessen meine Wohnung und schlenderten zu Fuss ans Meer. Es war kühl, leicht herbstlich schon. Nour trat näher, legte mir für einen kurzen Moment den Arm um die Schulter, dann zog er ihn wieder zurück. Als hätte er mir etwas sagen wollen und sich anders besonnen, oder als hätte er plötzlich den Eindruck gehabt, mit dieser Gefühlsregung ein wenig voreilig zu wirken. Ein leiser Anflug von Enttäuschung oder Verdruss überkam mich. In diesem Augenblick wünschte ich, er hätte seine Hand auf meiner Schulter gelassen und ohne Bedenken ausgesprochen, was ihn bewegte.

Seltsam, der Herbst in Beirut. Der Tag startet mit einer vielversprechenden Sonne, einem Himmel, dass die Augen tränen, so blau ist er, so klar. Gewölk zieht sich um die Himmelsränder – ein Gemälderahmen. Seltsam auch, wie schnell der Herbst in Beirut seine Farben wechselt. Der Himmelsrahmen verbreitert sich, und gemächlich überflutet er seinen Inhalt. Die Wolken bedecken das Firmament, unmerklich dunkelt ihre weisse Tönung in ein transparentes Grau, das sich mit der Zeit, schwerer und schwerer lastend, schwärzlich verfinstert. Mit einem Mal erhebt sich ein Wind, als wäre er hinter den Stämmen der wenigen überlebenden Bäume in der Stadt versteckt gewesen, fährt auf vom Erdboden und schnellt empor. Sanftmütig gibt sich Beirut am Sonntag. Wer es so sieht, würde nicht glauben, dass diese schlummernde Stadt aufschrecken und allmorgendlich zwischen ihren Mauern die blanke Gewalt zücken kann. Tag für Tag breitet sie ihre Gewalt aus unter der Sonne, so wie Frauen Kleidungsstücke, die den Winter über in Schränken lagerten, in der Sonne lüften. Der Sonntag ist Beiruts Urlaub. Als wäre auch die Gewalt beurlaubt, als erholten sich die Häuser vom Getöse, das ihre bleichen Wände durchdrang. Schweigsam verharrt der Morgen am Sonntag, nur von ferne tönen die Kirchenglocken ohne Herz, Glockengeläut per Knopfdruck. Aus nicht allzu weiter Entfernung gesellen sich zu ihnen die Rufe der Muezzine. Heute schlummert die Stadt, ebenso wie das Meer. Mir ist, als versöhnte ich mich mit Beirut heute. Beirut hat sich verändert. Es ist eine andere Stadt, und ich fühle keine Vertrautheit mit ihr – ausser am Sonntag. Dann findet meine Stadt zu sich selbst.

Am Montag kam Nour, um mich zum Abendessen auszuführen. Er brachte mich zum Lachen, als er gestand, seit gestern schon habe er Sehnsucht nach mir, ich sei schliesslich sein einziger Kompass in Beirut. Es muss einsam sein in Beirut für einen Menschen wie ihn, der hier weder alte Freunde noch Familie hat, dachte ich für mich. Unser Abendessen verwandelte sich von einem normalen Tête-à-Tête in ein Interview, das er unvermittelt mit mir begann. Er schreibe zurzeit über Libanesen, die nach dem Krieg zurückkehrten, erklärte er mir, und er wolle auch mich hören.

Nun wusste ich gar nicht mehr, was ich sagen sollte, nach dieser Eröffnung hatte es mir die Sprache verschlagen, zumal ich sah, wie er prompt sein Notizheft zückte und einige Sätze notierte, mit denen ich meine Heimkehr nach Beirut geschildert hatte.

Seitdem mussten wir uns jeden Tag treffen, Nour und ich, damit er sein Interview mit mir fertigstellen konnte. Meistens verabredeten wir uns in dem kleinen Büro, das er in der Nähe seiner Wohnung in Ras al-Nabaa gemietet hat. Der Vermieter, ein Zahnarzt, hatte seine Praxis aufgegeben und war an den Golf abgereist. Bei unserer letzten Begegnung bat mich Nour, ihm bei den Interviews mit Leuten zu helfen, die kein Englisch konnten. Ganz egal, wie viel Zeit ich mit ihm verbrachte, es machte mir nichts aus. Wir arbeiteten sogar bis spätabends. Sobald ich sein Büro betrat, bot er mir einen Ledersessel neben sich an, und gleich brühte er Tee auf. Er begann mir persönliche Geschichten von sich zu erzählen, und er sagte mir so nette Dinge, wie ich sie nie zuvor gehört hatte. Eigentlich habe ich bis dahin überhaupt keine Nettigkeiten von Männern vernommen. Hatte sie wohl überhört, weil sie mir nichts bedeuteten, Worte lassen sich nun mal nicht abkoppeln von ihren Sprechern. Er setzte sich neben mich, nur ein kleines Stück von mir entfernt. Ich musste an Ines denken, dieses junge Mädchen, das manchmal in Nours Büro kommt, um die Tonbandaufnahmen zu löschen. Sie sagt, sie habe alles satt, und das Arbeitsklima im Pressebüro verderbe ihr die Laune. Seufzend steht sie auf, öffnet das Fenster links neben dem Tisch, dann schliesst sie es wieder. Sie erfindet Ausreden, um in sein Zimmer zu schlüpfen, und er bietet ihr einen ähnlichen Sessel an wie mir. Heute, ich war gerade hinausgegangen, hatte ich sie bei ihm eintreten sehen, und ich fragte mich wie ein Teenager, wie er sie wohl empfangen würde: Begrüsst er sie, wie er mich begrüsst? Weiss er nicht, wohin mit seinen Blicken? Oder hängen seine Augen so selbstvergessen, so meer- und himmelfarben auch an ihrem Gesicht? Ich musste mich abwenden, keinen Augenblick länger hielte ich meine Fragen aus. Eine geheime Kraft würde mich aus meinem Sessel heben und zu ihm drängen. Mit aller Gewalt mich zwingen, die unendliche Entfernung zwischen uns zu überwinden, diesen Abstand, der nicht mal einen Meter mass.

Zu unserer morgendlichen Verabredung rief ich ihn an und sagte, wir sollten uns lieber irgendwo am Meer treffen, statt im Büro zu arbeiten, die Wintersonne scheine heute so hell und schön. Im Strandcafé kostete Nour einen einzigen Schluck vom Caffè Latte, dann nahm er die Tasse angewidert von seinem Mund. Die Milch sei ja aus Pulver gepanscht, so etwas könne er nicht trinken! Er verlange Frischmilch! Der Kellner verstand nicht, was Nour meinte. »Aber sie ist ganz frisch, Madame, wirklich! Eben habe ich sie mit Wasser angerührt!« Wie ein unschuldig Angeklagter, der alle Hoffnung fahrenlässt, schüttelte der Kellner den Kopf, wobei er seine Worte an mich richtete, als wollte er mich anflehen, ihn zu retten.

Wir kehrten zurück ins Büro und arbeiteten bis abends an der Übersetzung und am Ausdruck der Interviews. Er bot an, mich nach Hause zu bringen, wir müssten bloss rasch bei ihm vorbeigehen, um das Auto zu holen. Es regnete ein wenig. Unter seinem Schirm stiegen wir die lange, dunkle

Treppe hinunter, und plötzlich packte mich der Wunsch, ihn zu berühren, seinen Geruch einzuatmen. Aber ich hielt mich auf Distanz und kostete meine Sehnsucht aus. Wir kamen zu seiner Erdgeschosswohnung mit einem kleinen Garten daran, den er mir gelegentlich zeigen wollte. Mattes Licht fiel aus einem Fenster auf der Gartenseite. Ich fragte mich, ob das sein Schlafzimmer war und was für ein Bett er hatte. Zu gern wäre ich hineingegangen, um zu sehen, wie er wohnte, doch ich blieb am Haus stehen und wartete, bis er mit dem Auto vorfuhr.

Er liess den Motor an, ich setzte mich neben ihn. Auf einmal begann es heftig zu regnen. Ich versuchte zu verstehen, was er sagte – es gelang mir nicht. Gebannt beobachtete ich das Gleiten seiner Hand über das Lenkrad, und ich dachte, wie kurz ist die Entfernung zwischen seinem Körper und meinem. Er nahm den Weg über die Corniche nach Ain al-Muraisse, um mich zu meinem Appartement in der Makhûlstrasse zu bringen. Der Regen prasselte auf die Scheiben, und die Gischt klatschte auf den Asphalt der Corniche. Einige Zeit verging, bis er das Auto eingeparkt hatte, dann klinkte er seine Tür auf und stieg aus. Er lief ums Auto herum und öffnete die Tür auf meiner Seite. Ich stellte mir vor, ich würde ihm sagen, dass ich lieber noch hier im Auto bleiben und den Wogen zusehen möchte. Aber ich sagte nichts, und er hörte nicht, was ich ungesagt liess. Ich stieg aus und sah ihm zu, wie er mir mit der Hand winkte und sich wieder ins Auto setzte. Als ich mich zum Hauseingang wandte, stiegen mir Tränen in die Augen, so heftig war mein Verlangen.

Heute hätte ich das Ministerium für Vertriebene aufsuchen sollen, um dem Beamten neue Papiere zu übergeben. Ich hatte keine Lust hinzugehen. Ich rief Nour an und machte mich auch gleich auf, um ihn noch in seinem Büro anzutreffen. Ein ganzes Stück Weg hatte ich zu Fuss zurückgelegt, bevor ich ein Taxi fand, so kam ich verspätet bei ihm an. Es war gar nicht einfach gewesen, ein Sammeltaxi aufzutreiben, das mich von der Blissstrasse nach Ras al-Nabaa brachte. An der Bischâra-al-Chûri-Strasse musste ich aussteigen und weiter laufen. Nour sass am Computer, vertieft in seine Arbeit. Ich bat ihn, mit mir auszugehen, mir war zum Ersticken zumute. Er liess alles stehen und liegen, schaltete nicht einmal den Computer aus. Bevor er die Tür schloss, fragte er, ob es draussen kalt sei. Ich antwortete, was er anhabe, genüge vollauf. »Wollte nur wissen, ob ich meinen Schal brauche«, erklärte er. Ich sagte, er habe doch mal erwähnt, dass er keine Kälte mag, besser also, er nehme ihn mit. Er lächelte, dann ging er den Schal holen. Ich mochte seine Einfachheit. Ich mochte seine Nachgiebigkeit. Wir schlenderten zum Auto. Wieder redete er von seiner Arbeit und den Artikeln, von seinen Eltern, seiner Entfremdung und Entwurzelung, von seinem Haus, das er huckepack mit sich herumtrage wie die Schildkröte ihren Panzer. Es war wirklich recht kühl geworden, der Wind trieb uns vor sich her, und mich überrieselte ein angenehmes Frösteln. Er wollte lieber mit dem Auto zum Leuchtturm fahren. »Auch gut«, sagte ich, »wir können ja dort ein bisschen herumspazieren, anschliessend gehen wir ins Café al-Rauda und trinken einen Tee oder Kaffee.« al-Rauda ist von jeher mein Lieblingscafé gewesen. Bevor ich Beirut verliess, hatte ich dort quasi einen ganzen Winter in dem verglasten Raum verbracht und über das Leben anderer geschrieben, das zugleich mein eigenes Leben war. Ich schrieb und schrieb, gelesen hat's niemand ausser Olga.

Seit wir sein Büro verlassen hatten, stand etwas zwischen uns, das uns trennte und dann rasch wieder verschwand. War es dieser Besuch aus einem unklaren Wunsch heraus, ein Missverständnis? Vermutlich rätselte er, was ich wollte, warum ich ihn angerufen und gebeten hatte, mit mir auszugehen, und weshalb ich eigentlich hier war. Ich mochte seine Grübeleien nicht unterbrechen und schwieg. Vielleicht bewog ihn mein Schweigen, seine Überlegungen auszusprechen. Er fragte nichts, und ich wollte nichts erklären. Soll doch mein Leben diesmal seinen Weg von selbst finden. Soll mein Verlangen dem Wind gehören, der mit dem Meer spielt und die Fluten aufwühlt, dass sie in hohen Wellen gegen die weisse Cafémauer schlagen. Von unserem Tisch aus konnte ich sie beobachten, ich hatte einen Sitzplatz ausgesucht, von dem das Meer zu sehen war. Ich wollte ihm nicht den Rücken kehren.

Ein Verlangen, stärker als ich, durchströmt mich. Ich lasse mich mitreissen, erwäge nicht mehr, was der andere erwägen mag. Überlasse mich einem Begehren, das ich verloren glaubte. Wie soll ich wissen, was in ihm vorgeht? Er plaudert, leichthin und unbekümmert. Ich höre ihm zu, in ruhiger Genügsamkeit. Höre zu und denke nach über ihn. Es genügt schon, seine Finger zu sehen, wie sie nach der Zigarette fassen, wie er sie anzuzünden versucht – und ich zittere. Er hält kurz inne, spricht weiter. Ich merke, dass auch er mich beobachtet, wenn ich die Zigarette in meiner

Hand vergesse und unvermittelt stutze, weil ich noch gar kein Streichholz angebrannt habe. Dann lege ich erst einmal alles beiseite und nippe an meinem kalt gewordenen Tee.

Es war acht Uhr abends, als wir al-Rauda verliessen. Ich fuhr mit zu ihm nach Hause. Vor der Tür hätte ich am liebsten gesagt: Nimm mich hinein zu dir, in dein Haus oder in dein Herz. Stattdessen sagte ich: »Heute würde ich mir gerne den kleinen Garten ansehen.« Ich dachte: Will ich denn wirklich hinein in sein Herz? Wäre ich in der Lage, die Bürde einer Beziehung zu ertragen? Oder möchte ich nur mal ein wenig den Hals recken, um seinen Ort und sein Leben zu betrachten, um Ausschau zu halten mit meinen Wünschen, meinem Körper, meinen Augen? Ich hebe den Blick – dann rufe ich mich rasch zur Ordnung und kehre mein Gesicht in den Wind, der mir aus einem letzten Streifen Himmelsblau entgegenpfeift.

In seiner kleinen Wohnung ging er gleich in die Küche, um für uns ein Abendessen zu bereiten. Ich stand dabei und sah ihm zu. Wie schön er da war, als er sich hingegeben mühte, mir etwas Gutes zu kochen, das mir schmeckte. Er holte einen Beutel tiefgefrorener Meeresfrüchte aus dem Kühlschrank, setzte flink den Reis an, schnippelte Salat. Der Duft der Gewürze verbreitete sich in der Küche und in allen Ecken und Enden der Wohnung, ich bekam richtig Heisshunger. Nour arbeitete emsig, während ich, vor lauter Appetit und Fresslust vor mich hin stöhnend, den Kühlschrank nach einer von ihm erwähnten Flasche Weisswein durchstöberte. Beim ersten Glas hatte ich das starke Gefühl, in ein anderes Leben zu starten. Eines, das keinem meiner früheren Leben glich, sei es in Beirut oder Australien oder Kenia. Ja, es gibt noch andere Leben für mich, Leben, ähnlich meinem ersten Rendezvous mit Georges, Leben, ähnlich den Eintragungen in meinem Notizheft, das ich im Flugzeug vergass – als hätte ich es vorsätzlich vergessen. Leben, beginnend an zwei und mehr Orten, oder im Nirgendwo. Divergierende Episoden, die sich nie begegnen. Leben, deren Quelle überströmt von Liebe, überquillt von einem Begehren, so gross, dass es vielleicht kein Mann befriedigen kann. Andere Leben, denen ich ewigen Freiraum in meinem Herzen offenhalte. Auch ihm werde ich öffnen und ihn bitten einzutreten.

Als wir uns umarmten, blitzte eine kleine Frage durch meinen Kopf: Wieso wurde er rot, als unsere Körper sich näherten? Warum fürchtet der Mann diese ersten Augenblicke, warum ist seine Angst so stark, so intensiv, dass sie sich hinter Zimmerwänden verschanzt und alle Sorgen der Welt in uns aufrührt? Doch dann erloschen meine Fragen allesamt in einem einzigen flüchtigen Moment, der ein ganzes Leben kappte. An ihre Stelle trat Leidenschaft pur, wie ich sie nie mehr für möglich gehalten hätte. Es war dieser Moment, in dem ich zu ihm sagte: »Mir ist, als würde ich verreisen!«, und ich schloss die Augen. »Das hier ist schöner als Reisen«, flüsterte er und vergrub sein Gesicht in meinem Haar, bevor er mir Wangen und Hals mit Küssen bedeckte. Ob jetzt etwas Ähnliches mit mir geschieht wie bei meinem ersten Rendezvous mit Georges? Nur dass wir nicht lachen, wie wir es getan hatten, Georges und ich. So unbeschwert war damals die Liebe, ein Spiel. Einfach war sie gewesen, leicht und ohne Schmerz. Nun aber ist sie längst totgeglaubtes und neugewonnenes Begehren. Neue Lust mit einem Hauch Nostalgie – warum auch immer.

Seitdem kam Nour jeden Abend zu mir in die Makhûlstrasse. Das stille Appartement verwandelte sich in eine Stätte der Festlichkeit und des Lebens. Nie zuvor hatte ich Sex so erlebt wie mit Nour. Er kochte etwas für mich, während ich in dem kleinen Wohnzimmer gegenüber der Küche sass und ihm zuschaute, wie er sich die nötigen Töpfe und Pfannen zusammensuchte. Er war so ruhig, so sanft da drüben, wo er stand. Mein Herz ertrank in Liebe. Ja, ich liebte diesen Mann, der dort für mich kochte. Mein Verlangen nach ihm mischte sich mit Erinnerungen an die appetitlichen, würzigen Düfte, die aus Nadias Küche drangen, als ich noch klein war. Wie herrlich und wunderbar, mich meiner Mama zu erinnern, während ein Mann für mich kocht! So verschwinden die Rollen von Frau und Mann, und nichts bleibt um uns, in uns als Liebe und Begehren, das mit jedem Erlöschen neu entflammt. Ein dünnes Fädchen nur zwischen dem Seufzer der Trennung und dem Stöhnen der Vereinigung. Distanz, allein definiert durch den Abstand zwischen zwei Körpern, definiert durch die Zeitspanne zwischen zwei Augenblicken.

Ich kehre zurück, einen Ort zu suchen, den ich verloren wähnte. Ob auch Nour hier nach einem Ort für sich sucht? Er sei nicht zu verorten, sagte er, weder hier noch dort, in dem anderen Land, wo er aufgewachsen war. Wohin gehören wir wohl? Braucht es Vorbedingungen für Zugehörigkeit? Werden diese Bedingungen untergraben durch Lebensläufe in Emigration und Wanderschaft von Ort zu Ort, oder haben Migrationen gar nichts damit zu tun? Ist

Zugehörigkeit gebunden an Beständigsein, und wäre demnach mangelnde Beständigkeit der Grund für die Unruhe, die uns umtreibt, oder ist der Krieg die Ursache … oder vielleicht … womöglich … Ausserdem, es gibt diese innere Unruhe ja nicht erst jetzt, und nicht erst seit ich Beirut verliess, und auch nicht nur in Australien oder Mombasa. Es ist Unrast, die mich begleitet wie ein Schatten. Schon vor meiner Ausreise war ich umhergezogen, von hier nach da und von da nach hier. Vom Berg in die Stadt, geflüchtet dann und wieder heimgekehrt. Ich fand Nahîl zu Hause vor, lesend im *Buch der Weisheit* oder an der Schwelle, den Vögeln Futter streuend. Fand leere Käfige, immer mit aufgesperrten Türen. Jedes Mal, wenn Abdu, der sich um Grossvaters Felder kümmerte, einen bunten Vogel fing, steckte er ihn in einen Käfig und brachte ihn zu Nahîl. Sofort nahm sie das Vögelchen heraus, setzte es auf ihre ausgestreckte Hand und liess es fliegen, auf und davon in die Lüfte.

Noch im Bett liegend, zündete ich mir eine Zigarette an. Nour sagte, er sei allergisch, er vertrage keinen Rauch im Schlafzimmer – aber gut, dieses eine Mal. Ich erwiderte nichts. Während ich die Zigarette ausdrückte, fragte ich ihn, ob er mich morgen mit seinem Auto zu Georges' Familie fahren würde, ich möchte sie besuchen. Er entschuldigte sich. Ich wiederholte meine Bitte, eindringlicher. Schliesslich war er doch einverstanden.

Olga begleitete uns zu Georges' Mutter. Der Mutter meines Freundes, dem der Krieg verwehrt hatte, für uns ein Leben in Australien aufzubauen. Ich sah, dass sie mich erwartet hatte, genauso wie seine Schwester. Die Mutter hielt die Zigarette in der Hand, als hätte sie seit unserem Abschied vor fünfzehn Jahren keine neue angezündet. Sie schluchzte, als sie mich sah. Sie sagte, sie warte noch immer auf ihn. Bald werde sie sterben, das fühle sie, und sie habe ihrer Tochter aufgetragen, die Suche nach Georges fortzusetzen. »Nach der Mutter kann nur die Schwester diese Sache zu Ende bringen«, sagte sie, dann brach sie in Tränen aus. Auch ich weinte. In diesem Augenblick wusste ich, warum ich kommen und sie wiedersehen musste. Sie ist der einzige Mensch, der durch seine blosse Gegenwart meine chronische Trauer schwinden lässt.

Auf dem Rückweg plapperte Olga unaufhörlich. Als wollte sie die Spuren dieses Besuches tilgen. »Der Krieg ist aus … aus …«, jauchzte Olga mit singender Stimme, reckte die Arme wie im Film aus dem Autofenster, zeigte mit der Hand nach draussen. »Sieh diese Strassen, schau dir das an, das reinste Verkehrschaos … und alle Hotels komplett ausgebucht!« In dem Moment hatte ich keine Ahnung, was Olga eigentlich meinte. Alberte sie einfach herum, oder karikierte sie die Fernsehsender, die den lieben langen Tag das Ende des Krieges bejubeln, während immer noch Männer verschwinden und niemand nach ihnen zu fragen wagt? Ich wusste nur: Olga macht sich und uns etwas vor, und sie glaubt nichts von alledem, was sie daherredet.

»Nie wieder Angst – der Krieg ist aus!« Und alle Erdwälle schon weggeräumt, fuhr sie fort, bloss an der Autobahn nach Dschûnije, in der Nähe des Nahr-al-Kalb-Tunnels, gebe es noch einen. Aber es heisse ja, das Gebiet werde demnächst »gesäubert«. Wie damals, dachte ich für mich, da haben sie die Stellungen der Libanesischen Streitkräfte auch »gesäubert«, und viele von ihnen wurden verhaftet. Vorher war ein Führer der Falange verschwunden, man sagte, der syrische Geheimdienst habe ihn eliminiert, und nachher folgte noch einer und noch einer. All das in Zeiten des Friedens! »Der Krieg ist aus ...« Tonlos wiederholte ich Olgas Worte, während ich sie vorwurfsvoll anblickte, als wollte sie die Wahrheit nicht sehen, als habe sie zuerst sich selbst etwas einreden wollen. Ich winkte ihr: Schluss jetzt. Olga verstummte. Ihre Worte haben mich dennoch in eine Vergangenheit zurückgeworfen, die ich lieber vergessen würde. Warum mache ich dann Olga Vorwürfe? Auch ich möchte mich so gern ohne Schmerz an Vergangenes erinnern.

Schmerzbeladen ist Beirut. Vielleicht hat Olga ja recht: Was nützt das Erinnern? Käme doch eine Meereswoge und würde alles wegwaschen, fortspülen die Märchen und Geschichten von gestern, den Hass und den Groll. Für einen Moment ist mir, als durchlebte ich wieder hautnah die Augenblicke des Krieges, wie sie waren, wie ich sie vor über fünfzehn Jahren erlebt hatte. Als hätten sie geschlummert in meinem Körper, und es bedurfte nur eines kleinen Anstosses, dass sie erwachten und an die Oberfläche meines Gedächtnisses trieben. Ich aber möchte neu anfangen – eines Morgens meine Augen öffnen und eine Sonne sehen, die mich an kein Gestern erinnert, an keinen Krieg.

Mit leeren Händen kam ich zurück nach Beirut, wo mein Verlust begonnen hatte. Mein Verlust, der alles ist, was ich jetzt mein Eigen nenne.

Irgendwann rief ich Nour zu, er solle anhalten, da, neben dem Museum. Ringsum ein Gewimmel von Arbeitern, Wiederaufbau und Instandsetzung. Plötzlich war mir eingefallen, dass ich hier an dieser Stelle von einer Strassensperre gestoppt worden war. Hier, jaja, hier! Genau hier hatte mich dieser Milizionär gestoppt, das war kurz vor meiner Ausreise gewesen. »Steig aus, Mensch!«, hatte er gebrüllt und mit seiner Maschinenpistole auf mich gezielt. Derselbe Typ, der auch den Supermarkt ausgeraubt und alle Babymilchdosen aus den Regalen, sogar aus den Einkaufswagen von schwangeren Kundinnen, mitgenommen hatte.

»War das nicht dieser Kerl, Olga?«, fragte ich und zeigte mit der Hand nach draussen. »Sieh mal dort! Der da, mit Hemd und Krawatte, und er hat irgendwas umgeschnallt. Was ist das? Ein Revolver?«

»Nein, kein Revolver«, sagte Olga, »ein Handy.«

»Aber das ist er! Hatte er nicht damals eine Frau angehalten, als sie den Checkpoint zwischen Museum und Barbîr-Viertel passierte, und ihre drei Wasserflaschen konfisziert, die sie nach Westbeirut bringen wollte? Na, zur Zeit der israelischen Angriffe und der Belagerung von Beirut, als es kein Wasser gab! Du hast mir doch selber die Zeitungsausschnitte mit den Meldungen, den Fotos und alldem geschickt! Hast du das etwa vergessen?«, fragte ich sie, mit den Tränen kämpfend.

»Ja … ich hab's vergessen …«, antwortete Olga, fast ein wenig hilflos.

»Aber ich nicht, ich habe nichts vergessen«, beharrte ich.

Nour schien irgendetwas zu befürchten, was er nicht in Worte fassen konnte. Er sah mich bloss an und strich beruhigend mit der flachen Hand über mein Bein, als hätte er alles verstanden, was ich gesagt hatte.

Olga war auf ihrem Rücksitz hochgeschnellt und packte mich erschrocken an den Schultern, um mich zum Schweigen zu bringen – wie eine Verrückte, die gefährlichen Unsinn faselt. »Schluss jetzt, sei still! Du bist nicht hier gewesen. Aber ich, ich war hier! Ich habe den Krieg erlebt, und es ist mein gutes Recht zu vergessen. Drei Viertel der Leute, die immer noch von Gedächtnis und von Erinnern reden, waren gar nicht hier, nichts haben sie gesehen … Hör endlich auf damit! Wir wollen vergessen, und wer vergessen will, den lass es tun! Vergessen ist schliesslich kein Verbrechen!« Sie zerrte mit beiden Händen an meinen Schultern, als hätte sie Angst um mich wegen meiner Worte, vielleicht auch um sich selbst. Dann nahm sie eine Hand weg und berührte mein Gesicht. Ich sollte mich zu ihr umdrehen, offenbar wollte sie mir etwas sehr Wichtiges sagen, und ich sollte ihr genau zuhören.

Sie entspannte sich ein wenig, als sei ihr bewusst geworden, dass ihre Zurechtweisung allzu hart für mich gewesen war. »Ach was, das ganze Gerede bringt eh nichts. Komm, lass uns was von Asmahân singen. Du liebst sie noch, ich weiss es.«

Asmahân hätte ich nicht mehr gehört, seit ich in Beirut ankam, erwiderte ich, anscheinend hätte ich sie dort zurückgelassen, in meinem Haus in Mombasa. In diesem Moment wäre es mir schwergefallen, mich an irgendeins ihrer Lieder zu erinnern, sie waren wie aus meinem Gedächtnis gelöscht.

Olga schmiegte ihr Gesicht in mein Haar und legte mir die Arme um die Schultern. »Schon klar, dass du ihre

Stimme nicht hören kannst«, flüsterte sie. Und lauter, fast tadelnd, setzte sie hinzu: »Hast du denn überhaupt noch was anderes im Kopf als den Krieg?«

Ich sah sie an, und ich dachte, ist ja ihr gutes Recht, mich zu tadeln. Ich erfreue mich bester Gesundheit, während sie im tiefsten Innern weiss, dass sie bei ihrem Zustand weder einen neuen Krieg noch einen Frieden nach dem Krieg erleben wird. Trotzdem kämpft sie verzweifelt und verteidigt einen noch so brüchigen, heuchlerischen Frieden.

Sie weiss, dass der Krieg nicht völlig ausgestanden ist, und sie weiss auch, dass ihre gesundheitliche Stabilität trügt. Zwei Lügen, doch sie helfen durchzuhalten.

Angeblich ist der Krieg zu Ende, und trotzdem brauchen wir noch immer den vielen Hass, um miteinander zu leben. Um den Frieden zu erleben. All diesen Hass, damit die Familien überdauern und die Kinder heranwachsen, damit die Städte neu erstehen und das Land aufgebaut wird. So viel Hass brauchen wir zum Weitermachen, als müssten wir sonst aussterben und niemand würde von uns erfahren.

Da sagen sie, der Krieg sei beendet!

Ich könnte auf der ganzen Welt wohl keinen Ort finden, an dem Worte und Gedanken so verlogen sind wie in Beirut. Und doch spüre ich, dass auch ich in all das hier verstrickt bin.

Mir fällt ein, was Nours Freund, ein Journalist, den ich vor einigen Tagen traf, zu mir sagte: »In Beirut beginnt alles als Drama und wandelt sich zur Karikatur.« Journalisten haben leicht reden, dachte ich. »Demnach wäre alles, was derzeit abläuft, eine Karikatur?«, fragte ich ihn.

Mit lauter Stimme zitierte ich Olgas Worte, als wären es meine eigenen: »Der Krieg ist aus, nie wieder Angst! Alle Erdwälle schon weggeräumt, nur an der Nahr-al-Kalb-Autobahn gibt's noch einen. Doch es heisst ja, das Gebiet wird demnächst gesäubert.« Ich dachte darüber nach, was Olga sagte, was der Journalist gesagt hatte, und ich nahm mir vor, diese Strasse während meines Aufenthalts in Beirut möglichst nicht mehr zu benutzen. Höchstens noch einmal zu einem zweiten Besuch bei Georges' Familie vor meiner Rückkehr nach Kenia. Aber würde ich denn zurückkehren nach Kenia, in mein fernes Haus, dort in Mombasa?

Hätte Georges am Tag meiner Ausreise nur auf mich gehört! Hätte er mir bloss zugehört! Wäre er doch mit mir zusammen ausgereist. Vielleicht wäre er jetzt hier, hätte sich vielleicht gerettet vor Verschleppung und Folter, vor dem Tod. Hätte vielleicht auch mich gerettet – vor einer langen Irrfahrt des Wartens und einer Ehe, die ich von Anfang an nicht gewollt hatte. Vor all diesen Jahren des Zweifelns und Hoffens zwischen Australien und Kenia. Ich fragte mich, warum ich eigentlich so darauf beharrt hatte, dass mich Nour auf meiner heutigen Fahrt begleitete. Warum hatte ich ihn überhaupt gebeten, Georges' Familie mit mir zu besuchen? Wollte ich das Vergangene begraben mit diesem Besuch, oder wollte ich Nour unbedingt an meiner Vergangenheit teilhaben lassen?

Ich kannte Georges, seit ich an die Universität gekommen war, aber Freundschaft schlossen wir erst zu der Zeit, als wir bei den Palästinensern in der Fatach zusammenarbeiteten. Jeden Tag fuhr er mit dem Auto von seiner Wohnung in Sinn al-Fîl herüber zu mir nach Sukâk al-Balât und holte mich ab zum Lager Schatîla, wo wir einen Freiwilligendienst im Krankenhaus leisteten. Damals waren die Übergänge zwischen den beiden Beirut noch offen. Und wieder dauerte es eine Weile, bis wir uns als Liebende fanden. Wir trafen uns in der Wohnung von Intissâr und Mâlik und etwas später dann in einem Appartement, das Georges bei der Arabischen Universität in der Nähe des Krankenhauses gemietet hatte.

Ich erinnere ich mich noch an den Tag, als wir beschlossen, uns eine ungestörtere Bleibe zu suchen. Wir hielten uns gerade in Intissârs Zimmer auf, weder sie noch Mâlik waren daheim. Ich lag ausgestreckt da, splitternackt, und Georges kniete vor mir und küsste jede Stelle meines Körpers, während seine Hand zärtlich meine Brust streichelte. Plötzlich hörten wir, wie eine Tür geöffnet wurde. Es war Intissârs kleine Schwester, die bei ihr wohnte, sie kam eben von der Schule.

Aber wenn wir an unser erstes Rendezvous zurückdachten, mussten wir jedes Mal lachen.

Wir waren zum Abendessen bei einer Dänin eingeladen, die gleichfalls als Freiwillige im Krankenhaus des Lagers Schatîla arbeitete. Nach dem Essen hatte ich einen Pumps abgestreift und ihn im Wohnzimmer neben das Tischbein geschoben. Am Ende des Abends musste mich Georges nach Hause bringen, der Kopf war mir schwer vom Wein. Ja, ich bat ihn, mir ins Auto zu helfen. Von der Heimfahrt weiss ich nichts mehr. Ich war wohl fest eingeschlafen, denn ich erinnere mich, dass er mir sanft auf die Wange und die Schulter klopfte, um mich zu wecken, und wie er dabei sagte: »Myriam, Myriam, he, wir sind da.« Als ich nicht reagierte, fragte er scherzhaft: »Schläfst du bei mir?« Und weil ich keine Antwort gab, setzte er schelmisch hinzu: »Schläfst du mit mir?«

Mit einem Schlag war ich hellwach, alle Alarmglocken schrillten in meinem Kopf. Während ich mich aufrappelte, um auszusteigen, drückte er mir einen Zettel mit seiner Telefonnummer in die Hand. »Nun kennen wir uns schon so lange«, sagte er, »und wir telefonieren nicht mal miteinander. Ich werde dich nicht als Erster anrufen, auch wenn ich mir sehr wünsche, dich wiederzusehen. Ich überlasse dir die Initiative.« Ich war schlaftrunken, aber wach genug, um ihn genau zu verstehen. Und mir gefiel, was er sagte. Ich mochte die Einfachheit, mit der er seine Wünsche äusserte.

Bei unserem zweiten Rendezvous gestand er mir, mein hochhackiger Pumps habe seine Phantasie derart beflügelt, dass er noch in derselben Nacht ein Gedicht verfasste! Er lachte, während er das sagte, stellte sich dann in Positur und deklamierte, als läse er aus einem Buch vor: »Dein Stiletto hingeworfen – Grund genug, mein Leben umzuwerfen!« Kaum einmal, dass wir uns trafen, ohne diesen Abend zu erwähnen. »Jawohl, Grund genug!«, beteuerte er, jedes Fleckchen an mir küssend. »Ich brauchte nur deinen lässig unter den Tisch geschobenen Schuh auf den nackten Fliesen zu sehen, und sofort stellte ich mir vor, du würdest nackt bei mir im Bett liegen. Dieser Anblick genügte, um mich nach dir zu sehnen, um dich zu begehren und mir auszumalen, wie du deine nackten Beine um mich schlingst, wenn ich auf dir liege.«

Ich fing schon an zu glauben, Georges wäre unfähig zum Sex, wenn er nicht auf diese Geschichte zurückkam. Bevor wir uns liebten, brachte er mir Obst ans Bett. Er steckte eine Weinbeere in meinen Mund, dann küsste er mich und fuhr mit der Zungenspitze zwischen meine Lippen, um die Frucht mitzukosten. Wenn wir so im Bett lagen, schien mir zuweilen, als wären wir zwei verspielte Kinder und unsere Körper fänden ohne Sünde ihren Weg zur höchsten Lust.

Vor meiner Abreise nach Australien hatten wir im Morgengrauen ein letztes Mal miteinander geschlafen. Diese frühen Augenblicke waren für ihn die genussvollsten.

Entspannt und gelöst nach dem Beischlaf, raunte ich ihm zu: »Alle deine Sünden seien dir vergeben, die vergangenen und jene, die du noch nicht begangen hast – jetzt und fortan, für fünfhundert Jahre.«

Lachend rief er: »O ja, meine Herrin, ja, meine Göttin!«

Ich schob die Hand zwischen meine Schenkel, benetzte sie mit den Ergüssen der Liebe. »So empfange denn dieses heidnische Wasser der Lust als deine Taufe«, sagte ich und strich mit der feuchten Hand über seine Stirn und sein Gesicht. Alle Riten, welcher Religion sie auch entstammten, beruhten letztlich auf Sex, erklärte ich ihm. Und die besten Momente, Liebe zu machen, seien für mich die Gebetszeiten, immerhin habe der Beischlaf vieles von einem sufischen Ritual an sich.

Georges war erstaunt über diesen Vergleich von Beischlaf und Mystik. Mit seinem teuflischen Grinsen, das ich so an ihm liebte, konterte er: »Da gibt's aber eine Menge Gebete! Ein einzelner Mann könnte es nie und nimmer schaffen, deine Wünsche zu erfüllen.«

»Die Anzahl der Gebete ist sogar grösser, als du denkst«, spöttelte ich. »Versuch nur mal, die Glaubensgemeinschaften der Welt zusammenzurechnen, und dann multipliziere sie mit deren Gebetszeiten. Schon im Libanon wäre diese

Aufgabe ziemlich knifflig für uns, mein Liebster, allein ihre genaue Zahl zu ermitteln dürfte schwierig werden!«

»Na, zum Glück macht ihr wenigstens keinen Krach bei euren Riten!«, erwiderte er lachend.

»Du frecher, unverschämter Kerl!«, kreischte ich und warf mich auf ihn.

Der Krieg entführte Georges, und seine Familie wartet weiter auf Rückkehr. Weder ist er tot noch lebendig. Er befindet sich zwischen zwei Sphären. In der Schwebe zwischen Krieg und Frieden, zwischen Vergangenheit und Gegenwart.

Ich erinnere mich auch an den Tag, als wir uns in unserem Appartement in der Arabischen Universität trafen und ich ihm mitteilte, die Untersuchung beim Frauenarzt habe es bestätigt: ich sei schwanger! Der Arzt habe mir zur Abtreibung geraten, schliesslich sei ich »eine Tochter aus gutem Hause und keine Schlampe«, wie er sich ausdrückte – und ausserdem noch nicht mal verheiratet.

Am liebsten hätte ich den Doktor angeschrien. Doch statt zu schreien, schloss ich die Augen und wartete, bis er ausgeredet hatte, dann schob ich seine Hand von meinem nackten Bauch, stieg eilig vom Untersuchungsstuhl, um meinen Slip anzuziehen, und stürzte hinaus. Nachdem ich mein Kind abgetrieben hatte, wollte ich Georges nicht mehr sehen. Ich war wütend auf ihn und auf mich, auf alles. Unsere Trennung währte freilich nicht lange.

Als Tell Saatar* gefallen war, wagte sich Georges nur

* 1948 von Flüchtlingen in Ostbeirut gegründetes Palästinenserlager, das im Sommer 1976 wochenlang von christlichen Milizen mit syrischer Unterstützung belagert und beschossen wurde. Bei der Erstürmung und dem anschliessenden Massaker starben rund 3000 Zivilisten. *(Anm. d. Ü.)*

noch selten nach Ostbeirut in das Viertel, wo er wohnte. Man kannte dort sein Gesicht. Er bekam es mit der Angst zu tun, aber seine Angst hinderte die Kidnapper nicht daran, ihn verschwinden zu lassen. Niemand weiss, wie er verschwand und wohin. Viele Gerüchte kursierten. Er sei in Westbeirut verschleppt worden, hiess es, und zwar nahe unserer Wohnung in der Arabischen Universität. Andere sagten, man habe ihn direkt vom Schiff weg entführt, irgendwo zwischen Beirut und Larnaka, oder vielleicht in den letzten Minuten, bevor er an Bord ging.

Vor fünf Uhr nachmittags musste ich Nour verlassen, Intissâr erwartete mich im Café al-Rauda. Behutsam begann ich mich aus seinen Armen zu lösen. In diesem Moment kam ich mir vor wie eine Diebin, die eine gestohlene Liebe an ihren Eigentümer zurückgibt.

Ich machte mich auf zu meiner Verabredung mit Intissâr und beschloss, zu Fuss zu gehen. Mühsam versuchte ich, einen Weg zwischen den Autos zu finden, die in chaotischem Durcheinander auf den Gehsteigen von Ras al-Nabaa bis nach Rausche parkten.

Als ich im Café al-Rauda ankam, wurde ich bereits von Intissâr und Mâlik erwartet. Seit fünfzehn Jahren hatte ich die beiden nicht gesehen. Wie verändert Intissâr war. Ihr Gesicht erschien rundlicher, dabei blasser und schlaffer. Ihr Körper wirkte schwer, ihre Bewegungen träge. Nur ihre Markenzeichen, die blitzenden Augen und das nervöse Lachen, waren noch genauso wie früher. Kreischend umarmte sie mich: »Liebste Mîmo!« So hatte sie mich immer in unserer Unizeit genannt. »Mein Gott, was hatte ich für Sehnsucht!«, fuhr sie fort, und ihre Küsse explodierten wie Knallfrösche.

Plötzlich gewahrte ich, dass sich Leute um mich scharten und einen grossen Kreis bildeten. Intissâr hatte mich überraschen wollen und die alten Freunde eingeladen. Was für ein Gelächter, ein Ausfragen und Küssen, Schluchzen und Umarmen, und dann das Erzählen – all die kleinen Episoden, die unvergessen im Gedächtnis geblieben waren. In der ersten Zeit nach meiner Abreise aus Beirut hatte ich noch mit einigen korrespondiert, die ich jetzt vor mir sah. Später, nach der Übersiedlung von Australien nach Kenia, war die Verbindung zwischen uns abgebrochen. So viele Freundinnen und Freunde, die ich ewig nicht gesehen hatte! Nie hätte ich erwartet, dass Intissâr sie alle zusammentrommeln würde, um mich bei meiner Rückkehr willkommen zu heissen. Ich war ganz aus dem Häuschen und wusste gar nicht, was ich sagen sollte.

Rîma stürmte auf mich los, lachend umarmten wir uns. »Am besten erinnere ich mich an die Liebesbriefe, die wir dem Soziologiedozenten an der Uni schickten«, rief sie. »Ach ja, wo sind sie hin, die schönen Tage! Wie gut waren wir drauf, trotz des Krieges.«

»Richtige Teufel sind wir gewesen«, bestätigte ich.

»Und jetzt?«, fragte sie schelmisch. »Bist du immer noch so?«

Damals hatten wir rote Herzen und Kussmündchen auf die Briefe gemalt, bevor wir sie bei der Poststelle der Universität abgaben, und aufs Couvert schrieben wir den Namen des Soziologiedozenten mit der Nummer seines Büros in der Fakultät für Literatur und Wissenschaft.

Im Café al-Rauda traf ich die meisten Freunde wieder. Freunde von einst, die sich verändert hatten. Augenblicke des Schweigens traten ein, überbrückt allein durch die Geschichten von früher, Anekdoten aus einer Zeit, als wir noch zusammen waren. Ich musste mich stark konzentrieren, wenn sie über Politik redeten, besonders über die Innenpolitik. Angestrengt verfolgte ich ihre Gespräche und Diskussionen, um wenigstens »den roten Faden aufzuschnappen«, wie sie mir rieten. Trotzdem begriff ich nicht alles.

»Hierzulande findest du ganz unterschiedliche Gruppierungen«, erklärte Intissâr. »Da gibt's Leute, die schwafeln vom Krieg, als hätte er irgendwo anders stattgefunden. Als hätten sie alles vergessen. Die vergangenen Jahre sind für sie Schnee von gestern, über den man in Büchern nachlesen kann. Viele haben verdrängt, wie die Leute auf den Balkonen standen und den jungen Kerlen von der Miliz applaudierten, wenn sie einen wehrlosen Mann durch die Strasse schleiften, der das Pech hatte, einer anderen Konfession anzugehören. Sie brachten ihn von irgendwoher angeschleppt, von einer Strassensperre, einem Kontrollpunkt. Na klar sagen die, Schwamm drüber, der Krieg ist aus, aber vielleicht ist ja gar nichts beendet. Was soll's, Platz ist für alle: für diejenigen, die vergessen möchten, und diejenigen, die sich erinnern wollen. Hauptsache, du weisst selber, wo du Stellung beziehst!«

Intissâr redete und redete, wobei sie mir mit aufgerissenen Augen ins Gesicht starrte. Es war, als zeigte sie mit dem Finger auf mich und bezichtigte mich eines Verbrechens, das ich begangen hatte, ohne mir dessen bislang bewusst zu sein. Wahrscheinlich handelte es sich um ein Vergehen im Zusammenhang mit Gedächtnis, insbesondere dem Gedächtnis von Leuten, die das Land zu Zeiten des Krieges verlassen hatten. Als besässen Emigranten kein Recht auf Erinnerung, kein Recht, sich an die Gewalt zu erinnern, an den Krieg. Der Krieg ist nicht zu Ende, dachte ich, während Intissâr ihre Ausführungen wie eine vorbereitete Ansprache abspulte. Kriegsgeschichten wandern nirgendwohin aus. Im Gegenteil, sie kehren wieder um, zurück an denselben Ort, von dem sie ausgegangen sind, um dort erneut auszubrechen, manchmal in noch brutaleren Formen.

Historie in permanenter Wiederholung ihrer selbst. Liegt es an der Natur des Ortes? An den schroffen Hängen, die hier die Landschaft prägen? Kommt unsere Geschichte nach dem Boden, dass sie, ebenso zerklüftet und brüchig, sich nie vollendet, sondern wie auf stereotypen Bahnen immer wieder von vorn beginnt? Geschieht es wegen unserer Städte, die sterben und niemanden finden, der sie bestattet? Warum hier, warum reproduziert sich die Gewalt ausgerechnet auf diesem Fleckchen Erde, hundert- und aber hundertmal?

Mitten unter den Freundinnen und Freunden, inmitten ihrer Diskussion, ihres Geschreis und schliesslich des Schweigens, dachte ich, dass auch ich hier unentwegt meinen Verlust durchspielen werde. Das ist alles, was ich in Beirut vermag.

Rîma, die demnächst ein Restaurant im Stadtzentrum aufmachen wird, kommentierte Intissârs Rede mit der Bemerkung, der Krieg sei ja nun überstanden. Ihre Äusserung stiess auf keinerlei Interesse. Als bezögen Worte ihre Glaubwürdigkeit allein durch die Person, die sie ausspricht, und hätten ansonsten keine Bedeutung. Geräuschkulisse, nichts weiter, fernes Rauschen im Walde. Eine Verwandte von Rîma, die vom Golf zurückgekehrt war, hatte zwecks Eröffnung einer Restaurantkette ein altes, kürzlich modernisiertes Gebäude gemietet und Rîma mit der Geschäftsleitung einer Filiale betraut. »Na toll!«, meinte Intissâr.

Alles läuft, als wäre das Leben hier völlig normal, dabei stehen an zahlreichen Orten noch immer die Barrieren. Kopfüber stürzen sich die Beiruter ins Vergnügen, um ihre Eskapaden aber verdauen zu können, speisen sie Nostalgie mit Messer und Gabel. Was übrig bleibt, wird hinterher in Media City entsorgt. Die alten Häuser verwandeln sich in Schutthalden – Baugrund für die Wolkenkratzer – oder in Restaurants, Spielkasinos und religiöse Center.

Wafâ beugte sich ein wenig zu mir herüber, als wollte sie mir ein Geheimnis anvertrauen. Ihr gehe es wie mir, bekannte sie leise, sie begreife auch nicht, was da stattfinde. »Es macht mich fix und fertig, andauernd versuche ich zu kapieren, was eigentlich abläuft. Allerorten gibt's noch die Sperren, nichts ist in Ordnung, nichts bereinigt, aber … sie sagen, der Krieg ist zu Ende! Mir ist das schleierhaft.« Mit bitterem Spott fügte sie hinzu: »Und deswegen mache ich Joga!«

Ich sagte, ich würde sie gern mal zum Jogakurs begleiten, und wir verabredeten uns, in der folgenden Woche gemeinsam hinzugehen.

Intissâr mischte sich ein, leider hatte sie mitgehört. »Versuch erst gar nicht zu verstehen, meine Liebe«, unterbrach sie Wafâ mit versteckter Feindseligkeit. »Konzentrier du dich lieber auf deine Jogastunden, das ist besser für dich!« Und nach einer kleinen Pause: »Fängst du jetzt auch noch an! Reicht uns nicht schon Myriam? Gut, Myriam war auswärts, aber du? Welche Ausrede hast du für dein Unverständnis? Wieso wirfst du alles in einen Topf … noch immer die Schutzwälle, die Sperren … na und weiter, was soll das heissen? Du willst doch andeuten, die Dinge wären nicht zur Ruhe gekommen. Aber der Krieg ist aus! Okay? Akzeptier einfach, wie das hier läuft: Krieg vorbei, Touristen retour, und die Schutzwälle bleiben!« Intissârs Stimme klang schrill, dann fuhr sie ruhiger fort: »Am besten, wir betrachten jedes

Geschehen unabhängig von dem davor. Kein Ereignis betrifft ein anderes – so ertragen wir leichter, was passiert. So wird's angenehmer und weniger schmerzlich.«

»Und Cut!«, verkündete Mâlik theatralisch. »Der Film meiner Gattin ist abgedreht.«

Intissâr liess sich nicht beirren. »Jawohl, der Film ist zu Ende, aber ich hab noch nicht ausgeredet!«, gab sie zurück, wobei sie mich fixierte.

Mit ihrer entschiedenen Art zu sprechen erinnerte mich Intissâr trotz aller Unterschiede an Sitajit, meinen Psychotherapeuten in Mombasa. Vielleicht weil beide so fest von der unumstösslichen Wahrheit ihrer Worte überzeugt waren – einer Wahrheit, die mir noch niemals als feststehend oder selbstverständlich erschienen ist.

Der Krieg hört auf, die Schutzwälle bleiben. Auch ich muss das akzeptieren, und ich muss aufgeben, es begreifen zu wollen. Ich werd's schon lernen, redete ich mir zu. Gewiss, ein überaus schwieriges Vorhaben, den Lauf der Dinge von aussen und mit Abstand zu betrachten, sie als autonome Ereignisse zu sehen, ohne Vorgeschichte, ohne Beziehung zu Vorangegangenem – doch unmöglich ist es nicht. Zwar steht es im Widerspruch zum historischen Prinzip, aber gut, ich mach's, wenigstens dieses eine Mal im Leben, ich versuche es!

»Wir haben hier ja gar keine andere Wahl«, sagte Wafâ, während ich meine letzte Zigarette in dem von Kippen überquellenden Aschenbecher ausdrückte. »Es gibt nur eins, und das ist, zu vergessen.«

Doch was ist mit denen, die den Krieg angezettelt hatten, die mordeten und Leute verschleppten und die Körper der Opfer verstümmelten ... wo stecken die alle?, fragte ich mich. Und wo sind ihre Opfer?

Der Kellner kam und servierte uns Tee in Kannen und Teller mit Thymianfladen, Labne und Knabbergemüse. Intissâr rief ihn noch einmal zurück und verlangte Olivenöl. »Aber Baladi-Öl«, sagte sie, »das berühmte Landöl aus al-Kûra ... ja?« Sie wandte sich wieder an mich. »Das eben ist der Unterschied zwischen uns und dir, meine Liebe: wir haben dieses ganze Elend Tag für Tag erlebt. Was soll's, wir sind es gewohnt. Morgen wirst du dich auch an alles gewöhnen, glaub mir.« Während sie weitersprach, begann sie eine grosse Tomate zu zerschneiden und stückchenweise an die Umsitzenden zu verteilen. Dann drehte sie sich zu Wafâ um und fragte sie, wie es ihrem Mann gehe, der einen Kollaps erlitten hatte und sich daraufhin einer Herzkatheteruntersuchung unterziehen musste.

»Kommst du endgültig zurück in den Libanon?«, erkundigte sich Wafâ. Ihre Frage überraschte mich, ich wusste nicht, was ich antworten sollte. Schweigend neigte ich mich nach links und nach rechts, was hiess: keine Ahnung, mal sehen. »Such dir lieber einen anderen Ort«, fuhr sie fort, »hier kannst du nicht mehr leben. Ein Leben zum Kotzen, wie du siehst, das Land ist aufgeteilt zwischen Mördern und ... Totschlägern, und wir sind die Geiseln. Einfach abscheulich!«

Bei ihrem letzten Wort ruckte Wafâ ein wenig mit dem Kopf nach Intissâr hin, als wollte sie einen verborgenen Zusammenhang zwischen Intissârs Rede und ihrem Abscheu oder womöglich zwischen der Abscheulichkeit und Intissâr selbst andeuten. Seit unserer Studienzeit hatte es zwischen Intissâr und Wafâ andauernd Spannungen gegeben. Kann sein, dass sie von einem kurzen, heimlichen Techtelmechtel zwischen Intissâr und Wafâs verheiratetem Bruder herrührten. Als Wafâ dahinterkam, geriet sie ausser sich – eine Katastrophe! Wafâ hatte sie einmal zu sich nach Hause eingeladen, dabei lernte Intissâr zufällig Wafâs Bruder kennen, und es kam, wie es kommen musste. Fortan wurde Intissâr von den Freundinnen geschnitten, keine Verabredungen mehr, keine Zusammenkünfte. Ihr Verhältnis galt als Verrat an Wafâ.

Mâlik war ganz der Alte geblieben, noch immer entwickelte er seine grandiosen Entwürfe, »Traumtänzereien auf dem Regenbogen«, wie Intissâr sich ausdrückte. Er ist mir von jeher ein Rätsel gewesen. Ich wusste nie, wann er scherzte und wann er es ernst meinte. Er sass zwischen allen Stühlen, verteidigte den arabischen Widerstand und betonte gleichzeitig, der Libanon solle unbedingt seine Eigenständigkeit gegenüber dem arabischen Umfeld bewahren.

Früher hatte er manchmal erklärt, die Palästinenser seien der Ruin für unser Land, nun versicherte er, sie seien die letzte Befreiungsbewegung auf der Welt und man müsse ihre Revolution unterstützen. Er sprach von seiner Hoffnung auf eine Reformierung des Staates, die Beseitigung des Konfessionalismus und anderen grossen Visionen, die ein Land wie den Libanon völlig überforderten. Kurz darauf legte er dar, welch bedeutsame Rolle die Schiiten als avantgardistische Konfession bei der Schaffung einer alternativen Landeskultur spielen könnten.

»Mach du nur so weiter mit deinen Weltveränderungsträumen«, warf Intissâr ein, ohne ihn anzusehen, als handele es sich um ein schweres, unheilbares Leiden.

»Na und?«, rief Mâlik. »Darf man nicht mal mehr träumen?«

Weltveränderungsträume haben nichts hervorgebracht als Diktaturen, dachte ich. Und trotzdem, wir müssen träumen.

»Reden wir lieber über was Praktisches«, sagte Intissâr.

»Etwas Praktisches willst du?«, erwiderte Mâlik. »Also gut. Wie können wir damit aufhören, uns gegenseitig umzubringen? Bitte sehr, das wäre zum Beispiel eine konkrete Frage.«

»Wir müssten halt lernen, unsere Bürgerkriege zu verwalten«, witzelte ich mit schwarzem Humor. »Wir sollten dafür im Staatsapparat eine öffentliche Dienststelle schaffen, nennen wir sie ›Verwaltungsamt für Bürgerkriege‹ – eine gemeinnützige Behörde!«

»Und sogar eine privatnützige dazu«, kommentierte Rîma.

Keine Hoffnung, die grösser wäre als diese! Einander zu lynchen gehört hier zur Lebensweise. Es ist unser täglich Brot wie Alkohol und Zigaretten, Reklame, Fernsehkanäle und Musik. Wir haben den Bürgerkrieg, und wir haben auch Dolce Vita in Dschummaise und Downtown, in Monot und Hamra, in Dschûnije, al-Maâmaltain und Ras Beirut ... alles gleichzeitig. Dinge, die unvereinbar sind, verflechten sich! Soweit richtig, dachte ich, nur dass sie eben nicht unvereinbar sind, vielmehr nähren sie sich gegenseitig.

Ich trat aus dem Café al-Rauda und wandte mich in Richtung al-Hammâm al-Askari. Ich hatte die Freunde hinter mir gelassen, ihre langen Diskussionen, ihr Geschrei und ihre Kontroversen, die nicht endeten und zu nichts führten.

Die Sonne, die gemächlich im Meer versank, schien mir bei meinem Aufstieg zum Viertel der Amerikanischen Universität Lebewohl zu sagen. Vor mir, hinter und neben mir brausten heulend wie wilde Tiere Motorräder die Strasse entlang.

Plötzlich überholte mich eins, schoss über ein parkendes Auto hinweg und krachte auf das Pflaster. Der Fahrer wurde durch die Luft geschleudert, schwer plumpste sein Körper zu Boden, während sich das Krad mit weiterlaufendem Motor überschlug. Der nachfolgende Motorradfahrer versuchte zu bremsen, wobei er schimpfte wie ein Rohrspatz. Ich sei an allem schuld, schrie er, und es hätte überhaupt keinen Unfall gegeben, wenn ich nicht mitten auf der Strasse herumgetrödelt wäre. Der andere Fahrer habe sich noch bemüht, mir auszuweichen, deswegen sei er ja mit dem Auto kollidiert, das da vor ihm parkte. Unterdessen hatten sich zahlreiche Leute um uns geschart. Der verletzte Fahrer stand auf und klopfte sich Staub und Schmutz von den Kleidern, ohne das Blut zu beachten, das ihm übers Gesicht lief. Dann starrte er mich an wie eine Verbrecherin, der es gelungen ist, ihrer Verurteilung zu entgehen, und begann ebenfalls auf mich zu fluchen und zu schimpfen. Einen Grossteil seiner Flüche bekam selbstverständlich meine Mutter ab.

Die Sonne war untergegangen, als ich bei meinem Appartement in der Makhûlstrasse anlangte. Wieder ein Tag auf Gottes weiter Welt, der im Sterben liegt, dachte ich, andere Tage werden hinziehen über dieses Land, und allesamt werden sie sterben. Gott, der auf dem Dach der Welt wohnt, hat sein Gehör verloren, unser Schreien erreicht ihn nur noch als ein fernes Adagio.

Ich fühle mich einsam nach der mühevollen Begegnung mit den Freunden aus der Vergangenheit. Wie soll ich bloss heimisch werden in Beirut? In diesem neuen, alten Beirut, das unverändert ist und das ich doch nicht mehr erkenne. Beirut hat sich nicht verändert, und dennoch – es hat seine Seele verloren.

Ich döse ein und erwache so müde, als hätte ich überhaupt nicht geschlafen. Seit wer weiss wie vielen Jahren leide ich unter Schlafstörungen. Es heisst, der Mensch könne nur frisch und munter aufwachen und sein Tagwerk gut bewältigen, wenn er zwei Zyklen durchgeschlafen habe, nämlich acht Stunden. Ich schaffe gerade mal einen, und wenn ich dann wach werde, denke ich, eigentlich müsste ich weiterschlafen, aber es gelingt mir nicht. Mein Hirn arbeitet auf Hochtouren, vor mir sehe ich eine Liste von Dingen, die alle zu erledigen sind.

Mit einem Gefühl permanenter Müdigkeit starte ich in den Tag, einem Gefühl freilich, das mir so vertraut ist, als wäre Schläfrigkeit ein Teil von mir, jedenfalls kein Ausnahmezustand, den ich überwinden müsste. Tagelang mit geröteten Augen herumzulaufen ist für mich normal, mehr als vier Stunden zu schlafen aussergewöhnlich. Auch die Krämpfe in den Beinen und Füssen bagatellisiere ich als eine Begleiterscheinung meiner Übermüdung.

Ich bin schon so weit, Schmerz für eine Bedingung jeder körperlichen Existenz zu halten. Unseren Körper spüren heisst leiden. Ja, ich bin überzeugt, dass Fühlen an sich immer mit Schmerz vermischt ist, mit körperlicher Qual. Aber nicht mehr lange, mit den ersten Vorboten der Morgendämmerung wird mir leichter werden. Ich lausche auf das Ticken der Wanduhr in diesem möblierten Appartement, das ich bewohne und aus dem ich jeden Tag am liebsten wieder ausziehen möchte.

Ich steige aus dem Bett, trete hinaus auf den Balkon, der hinüber zur Amerikanischen Universität geht. Früher konnte ich die Uhr der College Hall schlagen hören, das war lange, bevor das Gebäude bei einem gezielten Anschlag vor wenigen Jahren zerstört wurde. Nun sehe ich nicht mal mehr den Turm, zu viele Häuserwände stehen davor. Genauso verstellt ist meine Erinnerung an die drei Jahre, die ich an dieser Uni verbracht habe. Und dennoch, das Herz geht mir auf.

Der helle Schein, der hinterm Horizont heraufkriecht, streift nicht nur der Erde den zarten Schleier der Dunkelheit vom Antlitz, er zerstreut auch meine Ängste, er glättet meine Stirn, lässt meinen Körper erschlaffen. Ich versuche noch einmal einzuschlafen – umsonst. Fratzenhaft ziehen die Gesichter all derer, die ich seit meiner Rückkehr sah, an mir vorbei. Aufgespritzte Lippen, jung gestylte Visagen, geliftete Haut. Partys, Drinks. Erloschene Augen, tief-, tieftraurig.

Ich habe nicht mehr schlafen können. Trotzdem trete ich hinaus, um den Sonnenaufgang in der Morgendämmerung zu betrachten. Seit so langer Zeit habe ich sie nicht gesehen, die Geburt von Beiruts Sonne.

Ich kehre zurück nach Beirut, und ich fühle mein erzwungenes Exil in mir aufsteigen wie einen Schluckauf. Ein Dauerschlucken, das mich immer begleiten und Teil meines Lebens sein wird.

Ich verlasse das Appartement und gehe hinauf zur Hamrastrasse. Ich bin sogar früher dran als die Händler, die gerade erst ihre Geschäfte öffnen. Die Hamra ist auch nicht mehr, was sie einmal war. Selbst die Frauen, die dort flanieren, wirken verändert. Schwarze Strumpfhosen bedecken ihre Beine, und das mitten im Frühling! Haben sie kein Gespür fürs Wetter? Oder bewohnt der Tod die Frauen von Beirut und verhüllt sich in ihren düsteren Kleidern?

In der ersten Stunde des Jogakurses sollte ich üben, mich geistig auf einen Punkt meines Körpers zu konzentrieren. Ich begann mit der Nasenspitze, schloss die Augen und versuchte mich zu entspannen. Kam allerdings nicht voran mit der Entspannung bei gleichzeitiger Konzentration. Dann fand ich heraus, dass mir die Fixierung auf eine weiter vom Kopf entfernte Stelle leichterfiel.

Ich entschied mich für den rechten grossen Zeh. Ohne es zu merken, wechselte ich zum linken. Ich dachte an dies und an das, entkrampfte mich, hörte auf zu denken. Ich zog die Luft ein und behielt sie so lange wie möglich in der Brust. Ich konnte fühlen, wie ungeheuer schwer es dem Sauerstoff wurde, in meinen Arterien voranzukommen, eine Zementmauer schien seinen Weg zu versperren. Bei jedem Vordringen der Luft befiel mich ein leichtes Stechen. Stiche als körperliches Symptom für einstürzende Seelenmauern. Mehr brachte ich nicht zuwege.

Ich verliess den Jogakurs und ging die Hamrastrasse entlang bis zur Praxis von Doktor Adam, dem Arzt, der im Herbst neunundsiebzig die Abtreibung bei mir vorgenommen hatte. Die Praxis war geschlossen. Ich erkundigte mich nach ihm und erfuhr, dass er während der letzten Kriegsjahre getötet worden war.

So lange ist es her, dass ich mein Kind verlor. Gerade dreiundzwanzig war ich, und Georges ungefähr im gleichen Alter – nein, er war fünf Jahre älter, aber ich spürte zwischen uns keinen Altersunterschied. Mit ihm entdeckte ich meinen Körper, und er entdeckte trotz der Erfahrungen, die er vor mir gesammelt hatte, mit mir seine Männlichkeit. Bis ins Letzte erkundeten wir unsere

Körper und unsere Wünsche, einmal ... zweimal ... dreimal.

Nachdem wir uns ein Jahr kannten, stellte ich fest, dass ich schwanger war. Ich meinte mich von dem Kind befreien zu müssen. Georges brachte mich zu einem Arzt, einem Verwandten von ihm, wie er sagte. Er sei ein namhafter Spezialist und besitze eine grosse Privatpraxis in Ras Beirut. Der Doktor war ein attraktiver Mann, doch sein gutes Aussehen schien mir zu perfekt, irgendwie undurchsichtig. Zwei Tage später kehrte ich allein in seine Klinik zurück und blieb dort einen Tag und eine Nacht. Am Morgen darauf verliess ich sie, wieder allein, denn Georges kam mich nicht abholen.

Einsam ging ich hinaus, während im Operationssaal mein nicht realisiertes Kind in einem grossen Behältnis kauerte. Ich fragte nichts, und ich habe Doktor Adam danach nie wiedergesehen. Aber in diesem Moment, als ich hinausging, schwor ich mir, Schluss zu machen mit dem Mann, der meinen Körper mit mir entdeckt und meine Lust geteilt hatte und der doch nicht mit mir zusammen die Klinik betreten wollte und auch nicht gekommen war, um mich abzuholen. Als wäre in diesem Moment nur ich die Schuldige. Er war ja nicht dabei gewesen. Er hatte sich nicht auf die kalte Pritsche gelegt, sein Arm war nicht von Spritzen zerstochen worden, keine altjüngferliche Krankenschwester hatte ihn mit glasharten Augen angestarrt und mit einer Mischung aus Verachtung und unverhohlenem Abscheu gefragt, ob denn jemand in der Familie über den Eingriff informiert sei. Ganz allein meine Sache war es gewesen, ihn ging das nichts an. Er hatte mir überhaupt nicht beigestanden. Ich beschloss, ihn zu verlassen. Doch nichts dergleichen geschah, ich brachte es nicht fertig, ihn aus meinem Leben zu streichen. Kurze Zeit später wartete ich wieder auf ihn, und ich liebte ihn.

Nach meiner Rückkehr aus Mombasa hatte ich Doktor Adam besuchen wollen. Ich wollte ihn aufsuchen, um ihm mein Leid zu klagen, dass ich nicht schwanger werden kann. Ich hatte ihn extra gewählt, vielleicht in dem Bedürfnis, gerade von ihm zu hören, dass ich kerngesund sei und durchaus noch Kinder bekommen könne und dass alles nur ein vorübergehendes Problem sei, nichts Ernstes eben. Wer, wenn nicht er, sollte mir diese Worte sagen, er, der den Fötus aus meinem lebendigen, fruchtbaren Leib herausgerissen und weggeworfen hatte? Aber nun war er nicht mehr da. Er wurde ermordet.

Meine Erinnerung wollte ich zusammenraffen, indem ich noch einmal die Orte besuchte, die in meiner Vorstellung fest eingeprägt sind. In Mombasa liess ich einen Mann hinter mir, und ich kehrte zurück nach Beirut. Ich will meine Geschichte mit Georges zurückrufen – nicht um sie neu zu durchleben, sondern um die Bruchstücke meines Körpers zusammenzufügen. Doch seine Geschichte ist verschollen wie er selbst. Georges war mir nicht nachgefolgt, und ich durfte nicht einmal meine Trauer öffentlich bekunden. Ich habe nicht getrauert, und meine Wunde ist nicht vernarbt. Wie hätte ich offen trauern sollen, er war ja weder ein Ehemann noch ein Bruder oder Vater oder wenigstens ein Verlobter. Der Papa meines nie geborenen Kindes hätte er sein können. So ist er bloss mein Liebster gewesen, und wenn der Geliebte stirbt, begraben wir die Trauer mit ihm, ohne sie zu zeigen.

Ich verliess einen Mann in Kenia. Ich wollte, ich könnte meine Geschichte von ihm zurückerhalten. Geschichten werden aber nicht rückerstattet. Jetzt muss ich den Rest meiner Geschichte mit Georges entdecken, muss seine Geschichte aufspüren und die Ursache für sein Verschwinden. Mit welcher Episode soll ich beginnen? Es sind ja auch meine Episoden. Wegen alldem bin ich zurückgekehrt, dabei wusste ich nicht, dass jede Rückkehr mit Verlust einhergeht, denn die Vergangenheit kommt nicht wieder, im Gegenteil, Rückkehr ist nur ein weiteres Symptom für Abwesenheit.

Doch wozu mein Leben durchwühlen wie ein Totengräber, der noch nicht überzeugt ist, dass Verstorbene nie zurückkehren?

Ich bin auch gekommen, um die Schlüssel für mein Haus in Empfang zu nehmen, jenes Haus, das mein Vater einst von seinem Vater erbte. Schlüssel für ein Haus ohne Tore. Ursprünglich besass das Gebäude in Sukâk al-Balât fünf Eingänge, deren Tore mein Grossvater mehrfarbig hatte streichen lassen – grün, gelb, braun und blau. Alle gingen sie hinaus auf einen Platz, der das Haus, von innen gesehen, zu umrunden schien, in Wirklichkeit jedoch nicht viel stärker gebogen war als eine Sichel. Wir hatten das Haus von Grossvater Hamsa geerbt. Meinem Opa, an den ich keine Erinnerung habe ausser einer Fotografie, die ihn als hochgewachsenen Mann mit Stock und Tarbusch zeigt. Ich war noch zu klein, als er starb. Nach Nahîls Erzählungen über ihn male ich mir aus, wie er mit dröhnender Bassstimme hereingestapft kam und wie wir Kinder uns im Vorratsraum am Ende des Wohnzimmers verkrochen. Ich stelle mir vor, wie seine Hausschlüssel klirrten, so laut, dass mir die Ohren klangen.

Nahîl sagt, Hamsa habe die fünf Schlüssel immer bei sich getragen, verknotet an seiner breiten Bauchbinde aus Stoff, die er erst wenige Jahre vor seinem Tod gegen einen Ledergürtel tauschte. Salâma hätte niemals gewagt, seinen Vater um die Schlüssel zu bitten. Nach Hamsas Tod erbte Salâma beides, Haus und Schlüsselbund. Das Erste, was er tat, war, alle fünf Tore aufzuschliessen, und er wies Nadia an, sie drei Tage lang geöffnet zu lassen. In dieser Zeit kamen die Kondolenzbesucher ins Haus. Sie schüttelten reihum den Anwesenden die Hand, sprachen der Familie des Dahingeschiedenen mit ein paar Worten ihr Beileid aus, dann gingen sie wieder.

Nach der Bombardierung unseres Hauses war Salâma verrückt geworden. Ein kleiner Splitter, nicht grösser als eine Linse, wie der Arzt sagte, brachte ihn um den Verstand. Er bohrte sich in sein Gehirn und steckte darin fest. Dennoch, wir konnten uns retten – nur Bahâ nicht, der in diesem Moment auf dem Balkon stand. Ich versuche, mir jene Nacht wieder zurückzurufen, das laute Schreien und Schimpfen, den barschen Aufruf, die Wohnung sofort zu verlassen und ins Erdgeschoss hinunterzusteigen. Mama aber hatte beschlossen, dass wir bleiben sollten, wo wir waren. Ich weiss nicht, warum sie ausgerechnet in dieser Nacht so darauf beharrte. Ach, hätte Mama geahnt, dass Papa verrückt würde und Bahâ umkäme!

Die Flüchtlinge, die das Haus nach unserem Umzug auf den Berg besetzt hatten, benutzten nur einen einzigen Eingang, die anderen vier wurden zugesperrt. Mit der Zeit verrosteten ihre Schlösser und die starken Eisenbeschläge, gegen die kein Gewehrfeuer und kein Bombardement etwas hatte ausrichten können. Zuletzt brachen sie eine Wand durch und nahmen diese Öffnung als Haupteingang, weil sie vor dem Beschuss aus Ostbeirut und den zentrumsnahen Stadtgebieten geschützt lag.

Wie oft habe ich mich gefragt, warum wir die Häuser nicht, unserer Lebensdauer angemessen, als eine provisorische Bleibe bewohnen. Ich war damals noch ein Kind, aber Grossmutter schilderte mir, wie der Opa das neu erworbene Gebäude mit breiten Schwellen ausstatten und die Türrahmen mit talismanähnlichen Inschriften verzieren liess. Er beschaffte sogar extra Fachleute, damit sie Sprüche in die Querbalken über den Türen eingravierten. Sprüche, die ich nie begriffen habe.

Ausserdem hatte er ein grosses Zimmer mit einem riesigen Steinkamin in der Ecke anbauen lassen. Nahîl erzählte, wie ich einmal, als Hamsa mit seinen Gästen dort gesessen und ihnen voller Stolz die Worte vorgelesen habe, die über den Türen und an den Wänden geschrieben standen, einfach zu ihm hineinspaziert sei, ich war ja noch ein ganz kleines Mädchen, und ihn gefragt hätte: »Wozu all die Mühe, Opa? Morgen bist du tot, und das Haus bleibt allein. Warum hast du kein Haus gebaut, das so alt ist wie du und mit dir zusammen stirbt?«

Nahîl versicherte, meinem Grossvater habe es die Sprache verschlagen, so verblüfft sei er gewesen. Er habe sie gleich herbeigerufen, um ihr zu berichten, was ich da zu ihm gesagt hätte. Wahrscheinlich hatte Hamsa niemals eine solche Frage von mir erwartet. Stets war er der Meinung gewesen, harte Arbeit und unermüdlicher Fleiss gehörten zum Leben dazu, und beides dürfe man nicht in Frage stellen. Keine

Anstrengung zu scheuen war ihm von seiner Mutter, die in Damaskus eine anglikanische Grundschule besucht hatte, gewissermassen vererbt worden.

So wurde auch Salâma, trotz seiner drusischen Herkunft, mit der er den Auffassungen des Protestantismus jedenfalls nicht allzu fernstand, zu Müh und Plage erzogen. Allerdings fügte er sich in der Arbeit nie den Wünschen seines Vaters. Im Gegenteil, solange Hamsa lebte, missachtete Salâma dessen Pläne, was Hamsa immer wieder veranlasste, ihn vor Nahîl herunterzumachen. »Wozu ist dein Sohn schon nütze?«, brummte er. »Wie heisst es doch: Taugt weder zur Totenklage noch zum Schultern der Bahre.« Nahîl begehrte auf und verteidigte ihren Sohn, Salâma arbeite sehr wohl und rackere nach Kräften. Aber Hamsa schüttelte nur den Kopf zu ihren Einwendungen. Was Salâma auch unternehme, es komme eh nichts dabei heraus. »Sein Brot bleibt trocken«, beharrte er zornig. »Egal, was er anpackt, der bringt es zu nichts!«

Wir errichten Häuser, die Jahrhunderte überdauern, und leben doch nicht länger darin als eine kleine Weile. Wir fertigen Dinge an, die ewig halten, und tun es vielleicht nur, um unser herannahendes Ende zu verdrängen. Hamsa wollte sich nie und nimmer mit seinem Tod abfinden. Bis zum letzten Augenblick habe er mit ihm gerungen, sagte Nahîl. So ist denn all sein Bauen und Verschönern ein Kampf gegen das Sterben gewesen. Sicher, viele Menschen handelten wie er. Wäre Hamsa reich genug gewesen, hätte er für die Ornamente in seinem Haus vermutlich Gold anstelle von Stein verwendet – auf dass sein vorbestimmter Tod dereinst mehr Eindruck und Furore machte.

Nour fuhr mich auf den Berg, zum Haus, in dem Nahîl zusammen mit Olga wohnt. Ich wollte unbedingt, dass er hier übernachtete, doch er entschuldigte sich. Morgen in aller Frühe reise er nach Amman, sagte er, und von dort weiter nach Bagdad. Gegen Abend legte ich mich im Wohnzimmer aufs Sofa. Als ich aufwachte, stellte ich fest, dass Olga bereits schlafen gegangen war. Ein seltsamer Traum hatte mich geweckt. Am nächsten Morgen berichtete ich ihn Olga. Mir träumte von Nour, dem Mann, dem ich begegnet war, als ich Kenia verliess, von Chris, meinem Ehemann, der in Mombasa auf mich wartete, und von Georges, dem Verschollenen, den ich seit mehr als sechzehn Jahren nicht gesehen habe. Von allen dreien hatte ich da im Wohnzimmer geträumt. Der Verschollene legte Holzscheite ins Feuer und erzählte den beiden anderen die Geschichte seines Lebens. Und ich sah mich selbst, entspannt auf dem grossen Sofa liegend, ihm zuhörend. Irgendwann war ich dann aufgewacht, von wohliger Wärme erfüllt, weil meine drei Männer Freunde waren, weil ich sie alle drei lieben durfte, jeden auf seine Art, und weil ich nicht leiden musste an dieser unterschiedlichen Liebe, die sich in Sinn und Bedeutung von einem Mann zum anderen wandelte. Warm und freudig hatte ich mich gefühlt in diesem Traum, und mein Leben breitete sich vor mir aus, weiter und weiter, wie eine offene Ebene ohne Geheimnisse.

Olga erkundigte sich nach Nour, in liebevoll einvernehmlicher Komplizenschaft neigte sie sich zu mir. Ich erklärte ihr, er sei nur ein Freund.

»Wie denn nun?«, hakte Olga nach. »Wirst du diesmal stark sein, oder bleibst du so blöd und romantisch, wie du halt bist?« Und sie setzte hinzu: »Ach, meine Liebe, als Frau muss man schon ein rechtes Miststück sein, um mit den Männern leben zu können.« Ich gab keine Antwort. Mühsam begann ich mir einige von Olgas gescheiterten Abenteuern, die ich als Jugendliche mitbekommen hatte, ins Gedächtnis zu rufen. In diesem Moment wurde mir plötzlich bewusst, dass Olga gar nicht mir zuredete, sondern sich selbst. Sie sprach zu der jungen Olga, die sie einmal gewesen war und der es nie glückte, einen Mann fürs Leben zu finden. Es war, als entdeckte sie erst jetzt, was sie früher hätte tun müssen, und als wollte sie es nachholen. Aber die Vergangenheit lässt sich nicht zurückholen, und unsere Fehler können wir nicht wiedergutmachen. Olgas Einsicht kam ein wenig zu spät, etwa so, wie wenn eine Frau jenseits der fünfzig die Verhütungsmittel für sich entdeckt.

Für mich ist Olga eine begehrenswerte Frau, und das nicht nur, weil ich in meiner Pubertät durch sie erfahren habe, was sexuelle Lust ist. Trotzdem erscheint mir ihr ganzes Leben als eine ewige Abfolge von enttäuschten Hoffnungen auf Liebe. Viel Zeit musste vergehen, bis Olga den Glauben verlor, dass Liebe Wunder wirken könne.

Seit einer Woche habe ich Nour nicht gesehen. Er ist immer noch in Amman. Manchmal wundert mich seine ständige Unrast, seine nie nachlassende Anspannung. Tagelang recherchiert und sortiert er alte Zeitungsausschnitte, die er in der Bibliothek der Amerikanischen Universität aufgestöbert hat. Alles will er erkunden, die Geschichte seiner Familie und ihre Besitztümer, von denen er fest annimmt, sie müssten noch vorhanden sein, waren sie doch einstmals Eigentum seiner Grossmutter gewesen, der Mutter seiner lieben Mutter.

12. Januar 1996. Ich bin jetzt seit fünf Monaten hier. Genau heute vor sechzehn Jahren haben wir den Libanon verlassen. Es war keine leichte Reise gewesen an jenem Tag. Zuerst sollte es mit dem Auto nach Damaskus gehen, vom dortigen Flughafen dann nach London und von da nach Australien. Es hatte geschneit. Wegen der Schneestürme, die über den Libanon hinwegfegten, mussten wir stundenlang an der Passstrasse vor Dahr al-Baidar warten, bis die Polizei uns erlaubte weiterzufahren. Salâma war schwer zu ertragen auf dieser langen Reise. Nadia, die sich nach Bahâs Tod von allem zurückgezogen hatte – vom Leben, von der Verantwortung, vom Reden –, kümmerte sich nicht mehr um ihn, um seine Torheiten und seine ewige Unruhe.

Sie sah ihn an, dann drehte sie sich zu mir um, als wollte sie sagen: Schluss, aus, ich bin am Ende, ich kann nicht mehr, jetzt bist du an der Reihe. Nadia hatte zu sprechen aufgehört, als Bahâ getötet wurde. Aber vielleicht wollte sie gar nicht mehr sprechen. Manchmal kommt mir der Gedanke, sie könnte von sich aus beschlossen haben, aufs Reden zu verzichten, und ihre Sprachlosigkeit sei eine bewusste Entscheidung gewesen, nicht das Resultat eines Schocks. Wie wenn der Tod meines Bruders ihr das Verstummen nur erleichtert hätte. Ich weiss, dass meine Mama nicht aus Liebe geheiratet hat, weiss, dass ihr Vater sie zur Heirat mit Salâma nötigte, nachdem sie bereits mit einem Mann, den sie liebte, verlobt gewesen war. Nadia glaubte stets, ihr Vater habe sie gerade dieser Liebe wegen gezwungen, ihre Verlobung zu lösen. Ich weiss auch, dass Hamsa nach Hasbajja, ins Dorf meiner Mutter, gefahren war und bei ihrem Vater um sie angehalten hatte. Meinem anderen Grossvater blieb nichts weiter übrig, als zuzustimmen. Nadia wurde nicht gefragt. Eine entfernte Verwandtschaft zwischen der Familie meiner Mutter und der meines Vaters führte zwangsläufig zu dieser Eheschliessung.

Grossmutter Nahîl berichtete, Nadia sei in ihrer Hochzeitsnacht ohnmächtig geworden. Sie erklärte es damit, dass sich Nadia zu sehr gefürchtet habe und dass Salâma zu ungeduldig mit ihr gewesen sei. Aber in Wirklichkeit war sie in Ohnmacht gefallen, weil sie den Mann, den sie liebte, für immer verloren hatte. Sie musste es hinnehmen, dass derjenige, der in der Hochzeitsnacht auf ihr lag, ein anderer war, ein Mann, den sie nicht liebte und dessen Geruch sie abstiess. Ihren Geliebten hat sie nachher nur selten gesehen, doch jedes Mal gewahrte sie ihn schon von weitem. Sie erkannte ihn an seinem Geruch. Bevor er die Schwelle des Hauses betrat, wusste sie, dass er ihren Vater besuchen kam. Wie eine fernher vernommene Stimme war sein Duft.

Wenn ich zurückdenke an Nadia, als sie noch sprach, erinnere ich mich vor allem an einen Satz, den sie zuweilen zu uns sagte: Nur einen Einzigen habe sie jemals geliebt – jenen Mann, den sie am Tag ihrer Hochzeit mit Salâma verlor.

Es fehlte noch, dass ihr Sohn starb, um Nadia ganz zu töten. Sie war tot, auch wenn sie weiterlebte. Für mich aber war Bahâs unheilvolles Ende nicht schrecklicher als Nadias Schweigen. Kein Wort sprach sie mehr zu der Katze, wenn sie neben ihr miaute und um Futter bettelte. Still stand sie auf, um in die Küche zu gehen, und Pussy folgte ihr genauso stumm, als gäbe es zwischen ihnen ein Einverständnis, an dem auch kein Schweigen etwas änderte.

Mein Bruder war unserer Mama sehr ähnlich gewesen. Er glich ihr in allem – der Gesichtsform, den Augen, der Hautfarbe. Sogar den grossen Leberfleck am Ohr hatte er von ihr geerbt. Mit seiner hochgewachsenen Statur freilich kam er nach Papa. Ich wiederum habe einiges von Nahîl geerbt – ihr Gesicht, ihren braunen Teint, die grossen schwarzen Augen, von meiner Mama habe ich nur die vollschlanke Figur. Bahâ aber war ganz eindeutig Nadias Sohn, geradezu ihr Ebenbild. Papa, der sein Lebtag keinerlei Gefühle für meinen Bruder gezeigt hatte, weinte bei seiner Bestattung, und danach ist er verrückt geworden. Vielleicht hat er ja gar nicht wegen dieses steckengebliebenen Splitters in seinem Kopf den Verstand verloren, sondern weil mein Bruder gestorben war, bevor er es über sich brachte, ein liebevolles Wort an ihn zu richten.

Meine schweigende Mama. Wie schweigsam sie wirklich war, merkte ich, nachdem mein Bruder gestorben war. Musste ich den Tod meines Bruders erleben, um gegen Mamas Verstummen aufzubegehren? Salâma erbte das Haus von Hamsa, und Bahâ, wäre er am Leben geblieben, hätte das Haus von Salâma geerbt. Und ich? Sollte ich von Nadia das Schweigen erben und nun, da Bahâ tot war, auch das Haus dazu? Aber wie könnte eine Frau, die von keiner Frau das Sprechen lernte, ein Haus erben? Erst jetzt ist mir klar geworden, wie sehr ich Nadia gleiche. Ich musste meine Reise antreten, um es zu erfahren. Ich bin Nadia sogar überaus ähnlich. Diese Ähnlichkeit war mir nie bewusst geworden, weder durch Georges noch durch Chris oder den indischen Psychotherapeuten. Ich erkannte sie erst, als ich zu Papier und Stift griff und zu schreiben begann. Als ich aufschrieb, was ich jahrelang verschwiegen hatte.

»Von heut an werde ich nie mehr leiden«, schrieb ich hin. Als wäre der Schmerz in meinem Innern mumifiziert. Schmerz, so notwendig doch wie die Luft, die wir atmen, die wir brauchen im Überfluss. Bei allzu knapper Luftzufuhr überlebt man nicht.

Ich rufe Nadia in Australien an, ich frage sie nach Salâma. Sie wechselt ein paar Worte mit mir. Nicht lange, und sie schweigt. Dann fängt sie von neuem an zu reden – in Englisch, jener Sprache, die sie seit ihrer Ankunft in Australien perfekt erlernt hat. Sie redet eine ganze Weile. Ihre Stimme hört sich für mich an wie genesen von chronischer Krankheit. Hier frisst sich der Krebs in Olgas Körper, und dort verstummt die Sprache meiner Mutter, als wäre sie emigriert. Mutter äussert sich nur noch in einer Fremdsprache.

Trotz ihres Redeschwalls am Telefon konnte ich mich des Gedankens nicht erwehren, Mamas Schweigen müsse auch eine Art Krebs sein, Seelenkrebs. Dieses Schweigen war kein blosses Stillsein, es war Amputation und Verlust der angestammten Sprache. So jedenfalls empfand ich das Verstummen des Arabischen bei meiner Mutter – als Handicap einer verstümmelten, unvollkommenen Frau. Wie oft träumte ich mir etwas über sie zusammen, erträumte sie mir als Powerfrau, die gegen alle Welt rebellierte, die sich aufs Motorrad schwang und rasant durch die Strassen preschte. Dieser Traum fiel mir bei unserem letzten Telefonat wieder ein, und plötzlich schien mir, als sei er doch noch Wirklichkeit geworden.

Sie berichtete mir von ihrer Arbeit in Adelaide, von neuen Emigranten, die so alt seien wie Bahâ. Endlich vermochte sie es, von Bahâ zu sprechen, über ihn zu reden in ihrer neuen Sprache. Mit Worten, in denen ebenso viel Hoffnung lag wie Traurigkeit. Zum ersten Mal weinten wir zusammen, meine Mama und ich.

Hamsas Worte dokumentierten Befehlsgewalt, sie waren auf Stein geschrieben, mit Meisseln eingegraben. Ich verstand die Sprüche nicht, die er über den Türen eingraviert hatte. Auch Nadia konnte sie nicht verstehen. Er erklärte, sie dienten zum Schutze des Hauses und der Familie. Jeden Donnerstagabend las er sie bei den Zusammenkünften der Männer vor. Es war ein Schreiben, das Hamsa stärker machte. Ein Sprechen, das Nadia verstummen liess. Wahrscheinlich glauben deshalb so viele, die Männer müssten das Sagen haben. Sprechen und Schreiben gehörten den Männern, ihnen allein, und Frauen hätten darauf kein Anrecht.

Liegt hier der Anbeginn von Nadias Schweigen … oder schon vorher, lange bevor sie geboren wurde … als jene Sprüche in Stein geritzt wurden, so tief, dass sie weder zu tilgen sind noch von selbst verschwinden? Gravuren in arabischer Sprache, eingegraben in den Stein – in den Körper. In ihren Körper, und danach in meinen. Wie könnte ich diese Wörter beseitigen? Wie kann ich sie verändern, sie zu meinem eigenen Schreiben machen, zu meiner Mutterschrift?

Im Viertel Sukâk al-Balât, wo unser Haus steht, traf ich niemanden mehr an. Keinen von denen, die ich gekannt hatte, fand ich wieder. Auch Ankine war nicht mehr dort. Ankine, die Armenierin, in deren Wohnung die Kämpfer eingedrungen waren, deren Mann sie zusammenschlugen, vor deren Augen sie die Teppiche und Wertsachen wegschleppten. Sie hatte stillgehalten und sie plündern lassen. Vielleicht haben sie ja bald genug, dachte sie. »Dschibrîl-Bande haben meine Wohnung und meine Teppiche geraubt«, klagte sie uns danach. Später, wenn Dschibrîls Sohn bei der Explosion seines Autos in Beirut ums Leben käme, würde Ankine sagen: »Bei Gott, ich bin nicht schadenfroh, aber seht, was aus seinem Sohn geworden!« Die riesigen Kronleuchter brachten sie nicht durch die Haustür heraus, obwohl die sehr breit war. Sie hievten sie auf den Balkon und liessen sie von der ersten Etage hinunterkrachen, dass ihre kleinen Kristalle sprühten und funkelten wie ausgestreute Sonnenstäubchen. Ein Nachbar versuchte, ihnen Einhalt zu gebieten. »Es nützt doch nichts, einen Kronleuchter mitzunehmen«, sagte er, »wenn ihr ihn vorher vom Balkon runterschmeisst und zertrümmert. Dabei gewinnt ihr gar nichts!« Sie schleiften den Mann herüber und warfen ihn ebenfalls vom Balkon. Da lag er und hatte ein Bein gebrochen.

Der Händler, der im Erdgeschoss ihres Wohnhauses einen Kramladen okkupiert hatte, gab sich verwundert. Ankine? So einen Namen habe er noch nie gehört, und wie könne eine Frau überhaupt so heissen! Der Händler war ein Sohn des Krieges, und die Liste der Namen, die er kannte, war kurz, sie ging nicht über die einer einzigen Konfession und Religion geläufigen hinaus.

Ankine ist eine gute Freundin meiner Grossmutter gewesen. Wie oft war sie zu ihr auf den Berg gekommen, und sie blieb wochenlang, besonders während der glühenden Sommerhitze in Beirut. »Ihr wusstet ja reineweg nichts zu backen! Wir kamen und haben's euch beigebracht.« Das sagte Ankine immer, wenn sie Olga Makronen zubereiten sah, die Süssigkeit, für die sie berühmt war. »Brot konntet ihr gebacken – und Schluss!«

Trotz ihres fortgeschrittenen Alters waren Ankines Erinnerungen frisch und lebendig. Ich hockte mich allemal vor sie hin und bettelte, dass sie mir wieder die Geschichte erzählte, wie sie nach den Massakern, die zahllose Armenier in der Türkei das Leben gekostet hatten, in den Libanon gelangt war. Ankine kam 1921 ins Land, zu einer Zeit, als sich die Welt nach dem Ersten Weltkrieg neu ordnete. Sie kam mit ihren Eltern, damals war sie gerade fünf.

Die Familie gedachte eigentlich nach Jerusalem als endgültigem Wohnsitz weiterzuziehen, weil man dort Verwandte hatte. Aber dann waren sie im Libanon hängengeblieben und wurden schliesslich Libanesen. Die Familie hatte ihren gesamten Besitz in der Türkei verloren. Die türkische Armee hatte alles konfisziert, was sie bei sich trugen, als sie ihr Haus verliessen. Ankine dankte Gott jedes Mal, dass ihr Vater die Familie doch nicht nach Jerusalem geführt hatte, denn 1948, während des Ersten Arabisch-Israelischen Krieges, flüchteten viele Armenier aus Palästina in den Libanon, unter ihnen auch Ankines Verwandte, die nun bei ihnen in der Wohnung eine Bleibe fanden. Heute leben nur noch wenige Armenier in Jerusalem. Die meisten sind in die USA und nach Kanada ausgewandert, oder sie bereiten sich gegenwärtig auf die Ausreise vor.

Ankines Wohnung in unserem Nachbarhaus war ihre fünfte in Beirut. Als die Familie in den Libanon kam, hatte man sie zuerst im Beiruter Zentrum, nicht weit vom Grossen Theater, untergebracht. Danach waren sie ins Viertel Corniche al-Masraa umgezogen, wo Ankines Vater ein Juweliergeschäft eröffnete. Er war bereits in Konya in der Türkei als Goldschmied tätig gewesen. Vor der Auswanderung hatte er seine Kleinodien in die Betten eingenäht, mit denen er die Kinder zudeckte.

Ankines Mutter nahm unterwegs zwei armenische Kinder auf, die ihre Familie verloren hatten. Sie adoptierte die beiden kurzerhand, um sie mit in den Zug und dann aufs Schiff schleusen zu können, so verhinderte sie, dass die Kinder von der türkischen Armee interniert wurden. Die Adoption erfolgte ruck, zuck, im Handumdrehen. »Ich bin eure Mama!«, schärfte sie ihnen ein. »Das ist alles, was ihr antwortet, wenn euch jemand fragt, wo ihr hingehört.« Als sie mit dem Zug in Mersin eintrafen, von wo sie per Schiff nach Latakîja und anschliessend nach Beirut fahren wollten, verbot ihnen das türkische Militär, ihre Bettdecken an Bord zu tragen. Sie mussten alles zurücklassen, auch die Schmuckstücke, die gut versteckt in den Zudecken blieben. Manche Armenier flüchteten zunächst nach Beirut, wanderten aber bald wieder aus. »Weil Beirut viel zu klein«, wie Ankine anzumerken pflegte. Lieber wollten sie die weite Reise nach Chicago, New York oder Montreal auf sich nehmen. »Beirut einfach zu klein«, beteuerte Ankine immer, wobei sie ihre geschlossene Hand umdrehte, um sie danach mit einem zwischen Mitleid und Stolz changierenden Lächeln wieder zu öffnen. Womit sie sagen wollte, dass Beirut einer Faust ähnele, so klein war es. Das Wörtchen »klein« bedeutete für sie zweierlei. Zum einen, dass hier jeder jeden kannte und dass sie von allen nur als die zugewanderte Fremde betrachtet wurde, als »Angewanderte«, wie sie sich ausdrückte. Und zum anderen, dass Beirut den Ansprüchen der armenischen Geschäftsleute an eine Handels- und Industriemetropole keineswegs genügte. In Istanbul geboren und aufgewachsen, waren sie ein kosmopolitisches Leben gewöhnt, das ihnen Beirut zur damaligen Zeit nicht bieten konnte – also zogen sie weiter in die Städte des Westens.

Ankine dürfte eine der wenigen gewesen sein, die nach dem Genozid an den Armeniern in der Türkei eingewandert waren und bis zum Ende des zwanzigsten Jahrhunderts noch im Libanon lebten. Sie hatte einen Armenier geheiratet, der sechzehn Jahre älter war als sie, aber keine Kinder bekommen. Wenn sie die Geschichte ihrer Deportation aus der Türkei erzählte, schloss sie stets, sie habe übrigens gehört, dass Istanbul – oder Konstantinopel, wie sie es am liebsten nannte – nach ihrem Weggang zigmal abgebrannt sei. Ankine glaubte steif und fest daran, dass diese Brände Gottes Werk waren, mit dem er sie und ihre Familie gerächt hatte. »Dies, mein Lieber, ist Zorn von Gott!«, sagte sie zu mir in ihrem gebrochenen Arabisch mit armenischem Akzent, jedoch mit grösster Selbstsicherheit, als beherrschte sie die arabische Sprache perfekt und brauchte sich deshalb auch gar nicht die Mühe zu machen, ihre Behauptung näher zu erläutern.

Im Haus gegenüber sind fremde Leute eingezogen, ich kenne weder ihre Gesichter noch ihre Namen. Sie kennen mich auch nicht. Die Häuser haben sich verändert, von aussen wie von innen. Nur eine einzige Frau von früher wohnt noch drüben in der ersten Etage – Yvette. Sie war dageblieben, während ihr Bruder ein Jahr nach unserer Ausreise nach Kanada emigrierte. »Hier ist für unsereins kein Platz mehr«, hatte mir Yvette ständig vor meiner Abreise versichert. Nun, als sie mich wiedersah, erwähnte sie mit keinem Wort ihren grössten Wunsch, den sie mir damals so oft anvertraut hatte: bloss fort von hier und auswandern! Stattdessen starrte sie mich verblüfft, mit offenem Mund an. »Mîmo, meine Liebe«, rief sie dann, »bist du's wirklich? Alle Welt geht weg, aber du … Was treibt denn dich hierher?« Und mit fast vorwurfsvollem Lächeln setzte sie hinzu: »Das ist ja, wie wenn einer zum Pilgern aufbricht, wo alle anderen zurückkommen!«

Die Orangen- und Feigenbäume hinterm Haus waren verdorrt. Nur ein alter Granatapfelbaum stand noch, ein wenig an die mit Löchern von unterschiedlicher Grösse gesprenkelte Hausmauer gelehnt. Diese jungen Kerle von den Milizen!, schimpfte Yvette. Kein grünes Zweiglein hätten sie im Viertel übrig gelassen. In den Feuerpausen veranstalteten sie Zielschiessen auf die Bäume und schlitzten ihre Stämme auf wie Menschenleiber. Nachdem sie mit den Bäumen fertig waren, hatten sie die umliegenden Häuserwände ins Visier genommen, manchmal sogar Passanten auf den Strassen, die sie im Ostteil der Stadt einsehen konnten.

Wo haben sich diese Leute verkrochen, von denen Yvette sprach? Wo sind sie? Wieso zeigen sie sich nicht und berichten irgendwas? Warum erzählen sie mir nicht, was geschehen ist? Wohin entschwanden die Verschwundenen? Wie wurden die Getöteten getötet? Wo sind sie, die all die Massaker des Krieges verübten?

Es ist, als hätte sie die Erde verschlungen. Als hätte die Erde sie geschluckt – den Täter und den Zeugen und den Beweis. »Sie sind alle noch hier«, sagte Yvette verbittert, »du erkennst sie bloss nicht. Die sind jetzt ganz was anderes. Haben sich neue Gesichter zugelegt. Da ist es verboten, sich zurückzubesinnen oder sie auch nur an ihre alten Fratzen zu erinnern.«

Hier scheint kein Platz zu sein für jemanden, der schweigend Beiruts Tod bezeugt. Kein Platz für jemanden, der geflohen war vor dem Tod in Beirut. Kein Platz für jemanden, der zurückkam, um eine verlorene Erinnerung aufzuspüren. Beirut in Trauer, verschlossen die Tore der Stadt. Wie soll ich sie betreten, wie heimkehren zu ihr, ich, die unstete Wanderin von einem Ort zum andern?

Nour ist zurück aus Amman. Es war gegen Abend, ich hatte mich hingelegt und las in einem Buch. Offenbar war ich eingenickt, denn er wartete schon eine Weile an der Tür, bevor ich sein Klingeln hörte und mich aus dem Bett rappelte. Als ich öffnete, sah ich ihn resigniert an der Wand lehnen, wie wenn er gar nicht mehr damit gerechnet hätte, mich noch zu sehen. Er brachte mir einige Säckchen Totes-Meer-Salz mit, um die ich ihn gebeten hatte. Er sagte mir, er werde nicht weiter nach seinen Wurzeln forschen. Sagte es, als wollte er gleich in Tränen ausbrechen. Er schien niedergedrückt und ohne Hoffnung, irgendein Mitglied seiner Familie lebend aufzufinden. Allmählich begann er wohl zu begreifen, wie tückisch Gefühle der Hoffnung in Beirut sind und dass seine Suche aussichtslos ist.

Als wir zusammen hinausgingen, war ich noch immer schlaftrunken und schlecht gelaunt. Ich war nicht darauf vorbereitet gewesen, dass er so plötzlich kommen und vor mir stehen würde. Nicht bereit, mir die Enttäuschungen auf seiner Reise, bei der Suche nach seinen Wurzeln, anzuhören, die mir in diesem Moment völlig gleichgültig waren. Ich hatte ihn sogar hereingebeten, ohne vorher mit einem Blick in den Spiegel abzuschätzen, wie ich auf ihn wirken mochte, wenn er mich jetzt sah. Ich fühlte mich überrumpelt von seinem Besuch. Mir war zumute, als sei er gewaltsam in ein Refugium eingedrungen, in das ich ihn nicht einlassen wollte.

Wir machten einen Spaziergang am Strand von Manâra. Er redete und redete, während ich einsilbig blieb. Dann sagte er unvermittelt, wie um mich zu ärgern, ich hätte wohl das Schweigen von meiner Mutter geerbt. Von meiner

Mama, der er nie im Leben begegnet war! Die er nur durch meine Geschichten von ihr kannte! Im nächsten Atemzug lud er mich in ein nahe gelegenes Café an der Corniche ein, denn es begann leicht zu regnen.

Nour wollte bei mir übernachten. Nach seiner frustrierenden Amman-Reise hatte er keine Lust, in seine Wohnung zurückzukehren und einsam die Nacht zu verbringen. Ich gab ihm ein T-Shirt. Ursprünglich hatte es mal Chris gehört, ich nehme es aber mit Vorliebe zum Schlafen, weil es aus weicher, glatter Baumwolle ist und ganz bequem. Das T-Shirt passte Nour genauso gut wie Chris, er hat ungefähr seine Konfektionsgrösse, ist nur etwas kleiner. Mir war es ziemlich egal, dass er das T-Shirt eines Mannes trug, der sich bis dato mein Ehemann nannte. Die Sache erschien mir einfach und selbstverständlich.

»Ich will zurück in mein Land«, meinte er im selben Moment, als ich nach einem Streichholz suchte, um mir eine Zigarette anzuzünden. Immer noch sagt er, dass er zurückwill in sein Land! Dieser Dummkopf weiss nichts, er kapiert einfach nicht, dass ich sein Land sein möchte.

Als ich ihn, wenige Stunden nachdem er am Morgen mein Appartement verlassen hatte, auf der Strasse wiedertraf, konnte ich kaum glauben, dass dieser Mann wirklich Nour war. Derselbe Nour, der die ganze Nacht mit mir im Bett verbracht hatte! Mit schweren Schritten, ohne Zutrauen zur Welt, schleppte er sich dahin. Bedrückt schaute er umher – ein Mann auf der Suche nach der verlorenen Hoffnung. »Hi, Nour!«, rief ich ihm über die Strasse zu. Er musste etwas gehört haben, blickte aber nicht sofort auf. Sekundenlang trottete er weiter, bevor er stutzte und leicht irritiert den Kopf gemächlich in meine Richtung drehte. Ein schwaches Lächeln trat in sein Gesicht, und plötzlich antwortete er von ferne: »Oh hello! Is that you?« Dann, als hätte er bemerkt, dass dieser Satz, der ihm da herausrutschte, völlig unpassend war für zwei Leute, die wenige Stunden zuvor im Lotterbett gelegen hatten, setzte er mit überdeutlichen Lippenbewegungen und leiserer Stimme hinzu: »You are my love ...« Seltsam, wie er dastand, drüben auf der anderen Strassenseite.

Ich konnte keinen Schatten neben ihm erkennen. Augenblicke vergingen, während ich nach seinem Schatten suchte.

Es war genau Mittag. Er stand mir gegenüber, senkrecht wie der Mittag selbst. Ich dachte daran, was wir getrieben hatten in meinem Bett, das uns vereinte, beim Sex, den wir exzessiv auskosteten und der weder ein himmlischer Höhenflug gewesen war noch eine Höllenfahrt, sondern etwas anderes, etwas zwischen beidem vielleicht. Ich dachte an das wilde Gestammel, das wir uns zugeraunt hatten, fiebrige, fordernde Obszönitäten, die unsere Begierde schürten. Die unerschöpflichen Imperative der Liebe. Aber jetzt? Ich wüsste nicht, wie ich diesen Moment zwischen uns richtig beschreiben sollte. Als wäre alles Geschehene bloss ein Traum gewesen, nichts Reales. Zeiträume ausserhalb der Zeit, in die Erinnerung schwer zurückfindet.

Von beiden Ufern der Strasse tauschten wir abgerissene Rufe wie zwei Schlepper, die nicht wissen, wohin mit ihrer Last. Einer schweren Last, die jeder von uns abwerfen wollte. In diesem Augenblick beschlich mich das merkwürdige Gefühl, dass die Worte, die sein Innerstes hätten offenbaren können, tief in ihm verborgen blieben. Dass sie dort drinnen verharrten und nicht ausgesprochen wurden. Sie lauteten: Wie schwer ist doch das Leben und wie schwierig, es zu meistern.

Nichts habe ich gefunden in Beirut, dachte ich. Nichts weiter als einen Gefährten auf meiner Reise in den Verlust.

Mein Bruder Bahâ wurde getötet, und knapp zwei Jahre danach gelang es uns, aus dem Libanon herauszukommen. Zwischen diesen beiden Ereignissen ist vieles geschehen, das Wichtigste aber war Grossmutter Nahîls Versuch, ihren Sohn Salâma nochmals zu verheiraten – wegen des Familiennamens und des Erbes und des Hauses ... »damit es offen bleibt und nicht abgeschlossen wird«, wie sie ständig wiederholte.

Zuerst musste Nahîl einen Weg finden, ihr Vorhaben Nadia beizubringen, denn Vaters Neuverheiratung bedeutete, dass meine Mutter vorher verstossen wurde. Obwohl das Ehegesetz in unserer Religion theoretisch der hanafitischen Rechtsschule folgt, wäre doch die Ehe mit mehr als einer Frau gleichzeitig nicht erlaubt gewesen.

Nadia äusserte weder einen Einwand, noch verliess sie das grosse Haus, um in ihr Elternhaus zurückzukehren, das abgesperrt blieb, seit ihr einziger Bruder Jûssuf nach Australien gegangen war. Sie verhielt sich, als wäre die Vermählung ihres Ehemannes für sie ein Spiel und nichts weiter.

Während Grossmutter unaufhörlich auf sie einredete und sie mit allen möglichen Gründen, die für ihren Plan sprachen, zu überzeugen suchte, winkte Nadia nur ab: die Sache sei ihr egal. Vielleicht erwartete meine Mutter nichts mehr, von niemandem. Wie verwandelt erschien sie – wie eine zugeklappte menschliche Truhe, die sich selbst genügte. Es war ihr genug, den ganzen Tag auf dem Bett meines Bruders zu sitzen und sich die zahlreichen Fotos von ihm anzusehen. Es war ihr auch genug, ihre alten Bücher wieder zu lesen, die sie neben anderen Sachen in das neue Zuhause mitgebracht hatte, damals, als sie meinen Vater heiratete.

Die Scheidung von Salâma und Nadia wurde dann doch nicht vollzogen, denn er schloss seine neue Ehe auf islamisch-sunnitische Weise. Alles lief holterdiepolter, in fliegender Eile. Nahîl hatte diese Lösung gegen ihren Glauben wählen müssen, eine Lösung freilich, die für beträchtlichen Aufruhr unter den Mitgliedern der Grossfamilie sorgte, besonders unter den Männern.

Nahîl hatte eine etwas über dreissigjährige Frau aus Jordanien beschafft, wo die meisten ihrer Verwandten ansässig waren. Eine Witwe, die ihren Mann 1970 bei den Zusammenstössen zwischen palästinensischen Widerständlern und der jordanischen Armee verloren hatte. Sie arrangierte die Eheschliessung gleich am selben Tag, an dem die Braut eintraf, fürchtete sie doch, die Frau könnte ihre Meinung ändern, wenn sie meinen Vater aus der Nähe sah und merkte, wie krank er war. Jeden im Gericht habe sie mit Moneten »berieseln« müssen, damit die Zeremonie auf die Schnelle erledigt wurde. So erzählte es Olga.

Nachdem der Scheich den Ehekontrakt geschlossen hatte, brachte Nahîl die Braut nach Hause zurück. Sie nahm sie bei der Hand und führte sie hinein zu meinem Vater, der ihnen schon vorausgegangen war. Abwesend stand er im Wohnzimmer herum und starrte auf den Koffer, den seine neue Frau aufs Sofa gelegt hatte. »Na dann mal los«, sagte Nahîl, »da ist dein Mann. In neun Monaten wollen wir einen Jungen haben!«

All das geschah in Nadias Beisein, vor ihren Augen. Aus unserer grossen Familie war niemand zu Salâmas Eheschliessung gekommen. Nur Olga war anwesend. Und auch ein Bruder der Braut. Er hatte sie aus Jordanien herbegleitet, obwohl er deutlich hinkte und offenbar Schmerzen im Bein hatte, weshalb er sich immerfort hinsetzen musste.

Kein Mann in unserer Familie billigte, was Nahîl eingerührt hatte. »Die schaltet und waltet, als gäb's bei uns keine Männer!«, murrten sie.

Sie sagten auch, Hamsa habe es sein Lebtag nicht geschafft, sie in ihre Schranken zu weisen. Und Salâma sei womöglich gar nicht wegen des Splitters in seinem Kopf übergeschnappt, sondern ihretwegen.

Die Frauen der Familie wiederum tuschelten, dies sei ein Unglückstag, und Nahîl habe mit ihrem Handeln einen schweren Fehler begangen. Ja, sie fanden, Nahîl habe sich Gottes Willen widersetzt. Denn wäre unserem Hause ein Mann beschieden gewesen, der das Erbe antreten, Kinder zeugen und den Familiennamen weitergeben konnte, so wäre mein Bruder wohl kaum gestorben.

Nahîl aber hörte auf niemandes Meinung, sowieso hatte sie noch nie auf jemanden gehört. Sie führte die Neuvermählten in die Schlafkammer und verriegelte die Tür von aussen. Keiner der Männer wagte, Nahîl zur Rechenschaft zu ziehen, allzu sehr fürchteten sie ihre Verwünschungen, die jedes Mal prompt eintrafen.

In der Kammer sass Salâma auf dem Bett und hatte keine Ahnung, was vor sich ging. Die Frau zog ihre Kleider aus, dann schubste sie meinen Vater rücklings um und schwang sich auf ihn. »Deine Mutter will einen Enkel haben«, sagte sie, »und deswegen bin ich hier. Also vorwärts!« Die Frau blieb drei Tage mit meinem Vater in der Kammer. Niemand bekam die beiden zu sehen, ausser wenn er oder sie mal aufs Örtchen musste.

Nahîl schickte Olga immer wieder mit einem Tablett voll schmackhafter Speisen zu ihnen hinein, mit Mezze, frischem Schabefleisch und süssen Leckereien. Unterdessen sass sie im Wohnzimmer an der Balkontür und murmelte, ohne ins Buch zu schauen, rätselhafte Worte vor sich hin.

Bald betete sie für Salâma, dass er genesen und zu Verstand kommen möge, bald für Bahâs Seele. Bahâ, von dem sie mit aller Kraft hoffte, dass er an einem Ort, gar nicht weit entfernt, wiedergeboren wurde.

Manchmal schlug sie auch das *Buch der Weisheit* auf und bat Gott um Vergebung. Schwer seien ihre Sünden, sagte sie, und sie seien der Grund für Salâmas Unglück.

Nahîl glaubte daran, dass ihre Flüche grosse Wirkung auf die Schicksale der Menschen in ihrer Umgebung hatten. Und jeder, der sie kannte, glaubte das ebenfalls. So betete sie wider besseres Wissen für Salâma, er möge ein Kind zeugen, denn ihr war klar, dass die Verwünschungen, die sie vorzeiten gegen Hamsa ausgestossen hatte, nunmehr ihre Wirkung taten.

»Gott schenke dir keine Nachfahren!«, hatte sie Hamsa angeschrien, als sie merkte, dass er sie betrog. Sie bemerkte es, ja, sie witterte seinen Verrat, weil Hamsa auf einmal ganz anders roch als früher.

»Was ist los mit ihr?«, raunte Olga mir zu. »Immerfort hat sie deinen Grossvater verwünscht, dass er keine Nachkommen hinterlässt. Und jetzt, wo alles eingetroffen ist, wie sie es haben wollte, möchte sie deinen Vater verkuppeln, damit er einen Jungen zeugt?« Mit fassungslosem Kopfschütteln protestierte Olga gegen Nahîls Verhalten, äusserte ihre Einwände jedoch nur im Flüsterton.

Am Ende führten weder Nahîls Gebete noch Salâmas Klausur mit der neuen Frau zum Erfolg. Alle Mühe war vergebens, die Frau wurde nicht schwanger. Das ganze Jahr über stiess Nahîl einen Seufzer nach dem anderen aus und wiederholte, dass jeder es hören konnte, ihr berühmtes Sprichwort: »Gesegnet das Haus, das eröffnet ein Haus.« Als sei ihr erst durch Bahâs Tod plötzlich bewusst geworden, dass er der einzige Erbe gewesen war und dass sein Tod unser Haus für immer »abgeschlossen« hatte.

Nahîl konnte sich einfach nicht damit abfinden, dass unserer Familie kein männlicher Erbe beschieden sein sollte. Die Vorstellung, zu guter Letzt würde niemand anders als ich einmal alles erben, ging ihr gegen den Strich. Natürlich wusste sie, dass ich von Chris keinen Sohn hatte, sie wusste aber nichts von dem Fötus, den mir Doktor Adam vor meiner Abreise aus dem Bauch gezogen und in seiner Praxis entsorgt hatte.

»Ja, willst du denn, Töchterchen, dass die Engländer uns beerben?«, fragte sie mich nach meiner Rückkehr. Mühsam erhob sie sich mit Olgas Hilfe vom Bett und versuchte die wenigen Schritte zum Schrank zu gehen. Sie meinte Chris, und sie meinte auch seine Kinder aus zwei früheren Ehen.

Beiläufig gab sie mir den Rat, das Haus lieber auf Papas Verwandte zu überschreiben. Die Klemme, in der Nahîl steckte – ihr Wunsch nach einem männlichen Erben, wo es doch unmöglich war, diesen Erben aufzutreiben –, hinderte sie dennoch nicht daran, mir auszuhändigen, was mir zustand.

Sie zog die Schublade im Schrank auf, entnahm ihr einen Bund mit fünf bronzefarbenen Schlüsseln, kramte Urkunden und Dokumente hervor. Dann überreichte sie mir alles. Das war's, sagte sie tieftraurig, damit sei das Haus in Sukâk al-Balât nach dem Tod des einzigen Erben Bahâ und nach Salâmas Umnachtung nun also mein Eigentum. Trotz allem hoffte sie weiter auf die Heimkehr ihres Sohnes. Als ich ihr von seiner Situation in Australien erzählte, entgegnete sie, ich würde die Dinge nur aufbauschen und seinen Geisteszustand schlimmer darstellen, als er sei. Wenn er erst mal hierher zurückkomme, werde er ganz bestimmt geheilt. Hier seien auch die Ärzte besser, meinte sie, und überhaupt – sobald er seinen Fuss im Flughafen auf den Boden setze, werde es mit ihm aufwärtsgehen.

Nahîl fragte mich nicht, was ich jetzt vorhatte, ob ich das Erbe annehmen wollte und ob es mir irgendetwas bedeutete. Natürlich wäre sie nicht auf die Idee verfallen, mir einen Mann zu besorgen und mich wie einst meinen Vater zu verkuppeln, damit ich einen Jungen bekäme, der den Namen der Familie und des Hauses weitertragen konnte. Nie und nimmer würde das geschehen, selbst wenn ich ein Dutzend Söhne zur Welt brachte! Ein Sohn von mir könnte unseren Namen gar nicht weitertragen, er wäre ihm von vornherein verwehrt, ich hatte ihn ja bereits durch meine Heirat verloren. Sicher, viele Jahre sind es, die mich von Nahîl trennen, was aber Namen und Erbe betrifft, so gibt es zwischen unseren beiden Zeiten keinen Unterschied. Noch immer zieht ein junges Mädchen vom Haus ihrer Eltern in das ihres Ehemannes und seiner Familie – allein kommt sie, von allem entblösst, sogar ihres Namens entkleidet. Folglich braucht es unbedingt einen Mann, um ein Erbe weiterreichen zu können. Ein Junge muss her, da ein

Mädchen nun mal nichts nützt, nicht einmal hundert Mädchen würden etwas nützen. So ist das, nicht nur in meiner Zeit, sondern zu allen Zeiten. Aber warum ist Nahîl derart auf einen männlichen Erben erpicht? Sie ist doch selbst eine Frau! Wie kann eine Frau auch noch verteidigen, dass sie lebendig begraben wird?

Nahîls widersprüchliche Eigenschaften irritieren mich, und trotzdem bewahre ich in meinem Herzen eine grosse Liebe zu ihr. Ist sie es nicht gewesen, die allen Mädchen im Dorf Lesen und Schreiben beibrachte? Das war in ihrer Jugend, als sie an der französischen Mädchenschule unterrichtete. Sie dachte sich eine schlaue List aus, um ihren Willen in einer hermetischen Gesellschaft durchzusetzen, wo es manchem Vater leichtergefallen wäre, den Tod seiner Tochter hinzunehmen, als hören zu müssen, sie lerne lesen und schreiben.

Nahîl eröffnete eine Schneiderschule. Gerade sie, die ihr Lebtag noch keine Nadel eingefädelt hatte! Sie erklärte, sie wolle die Dorfmädchen verschiedene Dinge in Heim und Haushalt lehren, darunter auch das Nähen. Schneidern zu können galt damals als eine der Voraussetzungen, die ein junges Mädchen zur begehrten Braut machten. Nahîl engagierte eine versierte Schneiderin und beauftragte sie, die Mädchen täglich zwei Stunden in ihrem Elternhaus zu unterrichten. Zum Raum für den Nähkurs bestimmte sie das grosse Wohnzimmer, das auf die Strasse hinausging.

Doch die Leute gerieten ausser sich, als Nahîl eines Tages die Mädchen aufforderte, eine Schiefertafel zum Schreiben mitzubringen. Sofort suchten sie Nahîls Vater auf, erhoben Einspruch und stellten ihn wegen der Ausbildung ihrer Töchter im Lesen und Schreiben zur Rede. Der Vater rief Nahîl herbei, um sie zu befragen. Nahîl trat ein und begrüsste die Verwandten der Mädchen, erkundigte sich nach der Ernte und nach der Familie. Dann bat sie, doch noch ein Weilchen zu bleiben, und bot ihnen Süssigkeiten an, die sie selbst zubereitet hatte.

Sie versprach ihnen, sie werde ihre Töchter ausschliesslich Buchstaben lehren, die mit dem Zuschneiden und Nähen und mit der Haushaltsführung zusammenhingen und die deshalb für die Mädchen unerlässlich seien. Andere Buchstaben aber, etwa solche, die mit der Liebe zu tun hätten oder Anstand und Sitte verletzten – »das mitnichten, Gott bewahre!« Dergleichen würde sie, genau wie die Verwandten, bei der Ausbildung junger Mädchen niemals billigen!

Sie war eine starke Frau, und doch gelang es ihrem Ehemann Hamsa, sein Verhältnis mit einer Frau aus Sachla mehr als dreissig Jahre vor ihr zu verheimlichen. Nachdem Hamsa gestorben war, hatte Nahîl alles Schlechte von ihm vergessen. Sie betrauerte und beweinte ihn und bat an seinem Leichnam um Verzeihung. Im Augenblick seines Todes ging die Wahrheit verloren. Als könnte Wahrheit in einem einzigen Augenblick ausgelöscht werden und verschwinden, wie wenn es sie nie gegeben hätte. Ja, als existierte überhaupt keine Wahrheit! Sobald ich nur auf Hamsa und seine Liebschaft anspielte, tat sie ahnungslos und begann in einem fort unseren Heiligen anzurufen – »O Abu Ibrahim, Abu Ibrahim … Was redest du da bloss zusammen?« –, wobei sie sich aus dem Sessel zu erheben versuchte, der Jahr um Jahr geräumiger wurde für ihren schrumpfenden Körper.

Ihre magischen Kräfte hatten ihr nicht geholfen, Hamsa auf die Schliche zu kommen. Jedes Mal erklärte er ihr, er müsse hinüber nach Sofar, um sich mit Speiseeis zu bevorraten, das er nachher im Sommer en gros an die Händler und an Reisende auf der Strecke Beirut–Damaskus verkaufen wolle, wenn der Zug an der Station Ain Sofar anhielte. Dabei war der Eishandel zusammengebrochen, nachdem überall die Kühlschränke Verbreitung gefunden hatten, und der Zugverkehr fiel auch weg, denn in Sofar gab es gar keinen Bahnhof mehr. Trotzdem behauptete Hamsa weiterhin, dort zu arbeiten, während sich Nahîl befleissigte, so zu tun, als würde sie ihm glauben. Nach seinem Tod fand sie unter den Papieren einen Stapel Liebesbriefe, dazu schwärmerische Verse und Gedichte. Vielleicht hatte er sie seiner Angebeteten zusenden wollen, und dann waren sie in seiner sorgfältig im Wandschrank über der Tür verstauten Ledertasche liegen geblieben. Dieses Doppelleben hinderte Nahîl jedoch nicht daran, nach Hamsas Tod ein Fotogeschäft aufzusuchen, um sein Porträt kolorieren zu lassen und es an die Wand zu hängen.

Am Tag unserer Abreise nach Australien hing Hamsas Foto noch immer an der Mittelwand im Wohnzimmer. Nahîl hatte sein Andenken für uns lebendig gehalten, indem sie ständig von ihm sprach. Manchmal kommt es mir vor, als habe sie Hamsa zu einer Legende von Mann stilisiert. Zum Übermann, den alle fürchteten, und ganz besonders mein Papa. Durch ihre Geschichten von ihm und durch sein Bildnis, das sie unbedingt im Wohnzimmer aufgehängt haben wollte, bewahrte Nahîl seine Anwesenheit.

Nahîl war damals mit einem Schwarzweissporträt von ihm zum Fotografen Harut gegangen – sein Geschäft lag in Sukâk al-Balât, nicht weit von unserem Haus – und hatte ihn gebeten, das Foto nachzufärben. Harut zeigte sich zunächst erstaunt über Nahîls Begehren. Er erklärte ihr, Männer wollten von sich nie kolorierte Fotos, so etwas wünschten nur Frauen. Doch Nahîl bestand entschieden auf ihrer Bestellung, beinahe riss ihr der Geduldsfaden. »Hamsa hat's mir aber selbst so aufgetragen, bevor er starb!«, fuhr sie ihn an. »Woher wollen Sie überhaupt wissen, was er gewünscht hat?« Sie zog ihre kleine Stoffbörse aus der Handtasche, wedelte damit vor Haruts Nase herum und liess die Münzen klimpern. »Was ist nun?«, fragte sie ihn. »Entweder Sie färben es mir ein, oder ich bring's zu Wiken!« Wiken war der Inhaber eines Fotostudios nahe der Amerikanischen Universität.

Nahîl erlaubte Harut nicht, die Farben etwa nach seinem Gutdünken auszusuchen und Hamsa damit zu bemalen. Bei jeder Nuance hatte sie ein Wörtchen mitzureden. Das Foto in der Hand, stand sie vor ihm und begann ausführlich die Farbe des Hemdes zu beschreiben, das er bei der Aufnahme getragen hatte, danach die der Hose und sogar des Fes, obwohl dessen Farbe einheitlich und allseits bekannt war. Bevor sie das Geschäft verlassen würde, wollte Nahîl ganz sicher sein, dass alles seine Richtigkeit hatte. Sooft Harut in den schwarzen Kasten hinter dem Vorhang griff, um das immer buntere Ergebnis hervorzuholen und es ihr zu zeigen, schüttelte sie missmutig den Kopf und verlangte, dass er alles noch mal von vorn einfärbte. Harut pinselte schliesslich Grossvaters Wangen knallrot an, ebenso seine

Lippen, so dass er aussah wie ein Clown in Kampfuniform. Seine Waffe, die in Schwarzweiss furchteinflössend gewirkt hatte, erinnerte auf dem neuen Bild an ein Plastikgewehr, wie es Kinder zum Kriegspielen benutzen.

Mit dem Tod meines Bruders war die männliche Linie unseres Hauses ein für alle Mal erloschen, da half es auch nichts, dass Nahîl unentwegt klagte, wie sehr sie sich für meinen Vater viele Kinder gewünscht hätte. Nadia hatte es abgelehnt, mehr als zwei auf die Welt zu bringen – Bahâ und mich. Sie fürchtete immer, dass ihre Schwangerschaft mit einer Totgeburt enden könnte, deshalb weigerte sie sich, eine grosse Nachkommenschaft zu gebären. Diese Verweigerung trug sie seit ihrer Kindheit in sich, genauso wie ihre Furcht, die sie von Geburt an verinnerlicht und in ihrer Ehe mit Salâma fortgelebt hatte.

Nadia war ein Einzelkind gewesen, obwohl ihre Mutter mindestens fünf Kinder geboren hatte, allesamt Knaben, die bald darauf starben. Jedes Mal, wenn meine andere Oma, Nadias Mutter, wieder ein Kind bekam, war es entweder sofort oder wenige Tage später tot. Nicht genug damit, dass die Wöchnerin die Beschwerden der Schwangerschaft und Entbindung und danach den Schmerz über den Verlust des Kindes zu erleiden hatte, obendrein musste sie die Beschuldigungen ihres Ehemannes ertragen, sie habe sich im Schlaf auf den Knaben gewälzt und ihn erstickt.

Nadia war trotz ihrer zarten, schwächlichen Konstitution als Einzige am Leben geblieben. Damit aber ihre Mutter auch Knaben gebar, die lebensfähig waren und nicht gleich wegstarben, wurde das Mädchen zu einem weisen Scheich in der Bekaa-Ebene gebracht. Unterwegs zu ihm, besuchte man erst noch das Heiligtum des Propheten Hiob, auf dem Arm trug man die Kleine hinein und fütterte sie mit Süssigkeiten und Früchten. Dann fuhr das Auto weiter, bis sie schliesslich beim Hause des Scheichs ankamen.

Es war ein kalter Tag. Der Scheich setzte das eingemummte Mädchen in einen grossen Korb, verknotete einen langen Strick am Henkel und liess es in einen ausgetrockneten Brunnen hinunter. Nadia war so winzig klein, dass sie in der dämmrigen Brunnenöffnung aussah wie ein Kleiderbündel, das man im Korb vergessen hatte.

Als der Korb den Boden des Brunnens erreichte, forderte der Scheich sie auf, ganz laut zu rufen, was sie begehrte, Gott werde ihr gewiss jeden Wunsch erfüllen. Schon zu Hause hatte man auf Nadia eingeredet, sie solle sich ja kein Spielzeug, keine Bonbons oder Kleider wünschen. Einen Bruder müsse sie erbitten! Alle hatten ihr die Wörter eingeschärft, die dazu nötig waren. »Bitte für dich um ein Brüderchen! Nenn ihn Jûssuf!«, sprachen sie, und sie wiederholten es mehrfach, damit sie sich den Namen merkte. Noch einmal stellte der Scheich hoch über ihr seine Frage: »Was begehrst du?«

Sie konnte nicht antworten, vermochte nichts zu sagen. Denn sie fing an zu überlegen, was wohl geschähe, wenn sie Gott bitten würde, ihr einen Bruder zu bringen. Sterben würde er nach seiner Geburt wie all die anderen kleinen Brüder. Sollte ihre Mutter wirklich erneut schwanger werden und ein Kind gebären, das alsbald starb, und dann wieder eins, das, kaum geboren, ebenfalls sterben musste? Sie sah das Gesicht ihrer Mama vor sich, die sich stöhnend vor Schmerz auf der Erde krümmte, sie glaubte sogar ihr Weinen zu hören. Aber es war nur die Stimme des Scheichs, die plötzlich durch das Brunnenloch zu ihr herab drang und sie anschrie, weil sie immer noch nichts sagte. Sie stammelte etwas, vor Kälte und vor Angst klapperten ihr die Zähne. Doch sie wünschte nichts, sie blieb stumm. Lauter und lauter wurde über ihr das Geschrei des Scheichs. In diesem Moment schien ihr, es wäre ihr Vater, der da oben schrie. Beide hatten sie die gleiche Stimme. Und auf einmal schickte sie vom Grunde des Brunnens einen leisen Ruf hinauf, zaghaft und sehr, sehr dünn. Wie ein Wehklagen klangen ihre Worte. Zögernd und furchtsam sprach sie einen Wunsch, nur diesen einen: Gott möge ihren Vater sterben lassen und ihre Mama von ihm erlösen. Danach brach sie in ersticktes, stossweises Schluchzen aus.

Als Mutters einziger Bruder Jûssuf geboren wurde, zog ihm meine Oma vier Jahre lang nur Mädchenkleider an. Sie sagte, es gebe keinen anderen Weg, um den bösen Blick des Todes von ihm abzuwenden.

Grossmutter Nahîl ist tot. Am Morgen war ich zu ihr ins Zimmer gegangen, ich glaubte, sie schlafe noch.

Drei Tage nachdem ich Grossmutter verloren hatte, besuchte ich Nour. Ich wollte ihn sehen, sein Gesicht, seine Augen, wollte mich vergewissern, dass überhaupt noch irgendetwas in Ordnung war. Sobald ich ihn sah, atmete ich auf. Gemeinsam schlenderten wir vom Büro zu seiner nahe gelegenen Wohnung. Eine kurze Strecke, aber sie erschien mir lang wie das ganze Leben.

Als wir ankamen, schloss er die Wohnungstür hinter sich ab. In diesem Moment begriff ich, was die Redewendung »Das Herz zerbröselt zwischen den Fingern« meint. Mein Herz war jedenfalls verloren. Kaum eingetreten, wusste ich nicht mehr, was ich tat. Ich griff nach meiner Jacke, die ich eben über die Sofalehne geworfen hatte, und zog sie wieder an. Machte das genaue Gegenteil von dem, was normal gewesen wäre: Jacken zieht man an beim Hinausgehen, und nicht wie ich, wenn man eintritt. Hastig warf ich sie mir über, als müsste ich etwas zudecken, eine mühsam gebändigte, brodelnde Leidenschaft, die ich fürchtete und in mein Innerstes zurückzwingen wollte ... mit einem Kleidungsstück! Doch im selben Augenblick, da ich die Jacke zugeknöpft hatte, wurde mir auch klar, dass nichts, absolut nichts auf der Welt dieses Begehren, von dem ich ganz erfüllt war, daran hindern konnte, seinen Weg zu ihm zu finden. Ich liess zu, dass meine Arme ihn umschlangen. Liess zu, dass mein Kopf alle Trauer, alles Verlangen auf seine Schulter legte. Und vergrub mein Gesicht in sein weites, weinrotes Hemd. Sein Geruch überflutete meine Sinne, durchstiess meine Poren wie in einem Liebesakt – eine unwiderstehliche Macht, die mich zu ihm drängte. Ich vergass mein Haus in Kenia und vergass, weswegen ich hierhergekommen war, in den Libanon. Alles und jeden auf der Welt vergass ich, in diesem Moment wollte ich ihn, nur ihn, unbedingt. Ihn allein wollte ich sehen. Allein sein mit ihm an einem Ort, dessen Pforte verschlossen war. Wie auch ich meine Tür verriegelt und meine ganze Welt draussen gelassen hatte.

Ich schmiegte mich an ihn. So gut war er, so warm. Sein Duft durchströmte mich bis ins letzte Winkelchen. Dieser Duft seiner Haut, seines Schweisses. Er sagte, er sei noch viel zu aufgewühlt, zu betroffen. Ich erwiderte nichts. Er sagte, mit jedem Tod eines Menschen sterbe ein kleines Stück von Gott. Liebe und Tod, das gehe nicht zusammen, und in solchen Augenblicken sei er gar nicht fähig zum Sex. Ich begriff nicht, was er meinte. Wusste nur das eine: Bei Nahîls Beerdigung hatte mich plötzlich ein leidenschaftliches Verlangen nach ihm gepackt. Eine rätselhafte Kraft, die mich zu ihm trieb, als wäre der Beischlaf das einzige Mittel, den Tod abzuwehren. Unentwegt, mit beiden Händen, fuhr ich fort, seinen Körper neu zu erkunden, ihn zu streicheln.

Er schien abwesend, nervös … und ebenso seine Küsse. Liess sie wandern, von meinem Gesicht über den Hals, die Brust hinunter zum Bauch und weiter zum Geschlecht. Hastig irrte er hierhin und dahin, nirgends verweilte sein Mund. Ich wollte nur, dass er in mich eindrang, sofort. Endlich würde er einen tiefen Schmerz aus meinem Innern herausreissen, ein Leiden, das dort nistete und Teil meines Körpers geworden war. Ich hörte mich keuchen, aufstöhnen, es klang wie das ferne Heulen eines verwundeten Dschungeltiers. Irgendwann begann ich zu schluchzen. Am Tag, als

Nahîl starb, hatte ich keine Tränen. Erst jetzt konnte ich sie beweinen. Ich weinte und weinte, während mich Nour mit kindlichem Eifer zu befriedigen versuchte.

In der Nacht vor ihrem Tod hatte Nahîl nach Olga gerufen und verlangt, sie solle sie baden. Weil Olga das Bad auf den Morgen verschieben wollte, wurde sie wütend und schrie sie an. Olga wusch sie, und sie begoss ihr feuchtes Haar mit Lorbeerwasser und ihren Körper mit Orangenblütenessenz. Nachdem sie ihr das grosse Badetuch umgelegt hatte, fasste Nahîl nach Olgas Hand und bat, sie möge ihr ins Bett helfen.

Die alte Frau schien erschöpft, sie konnte nicht allein gehen. Im Bett erholte sie sich ein wenig, dann forderte sie Olga auf, sich neben sie zu setzen. Wieder ergriff sie ihre Hand, zog sie zu sich heran und schob sie zwischen ihre Schenkel. »Siehst du …«, sagte sie, »wie bei einer jungen Frau.« Als Olga ihre Hand zurücknehmen wollte, hielt Nahîl sie fest, und sie fragte: »Hast du die Männer mal so richtig kennengelernt?«

Olga riss sich los und wickelte Nahîl aus dem Badetuch, um ihr das Nachthemd überzustreifen. Ermattet von ihrer eigenen Krankheit, antwortete sie ungeduldig: »Nein!«

»Du hast das ›Wasser des Mannes‹ nie gekannt?«, fragte Nahîl wieder.

»Nein«, sagte Olga, »und so ist's auch besser.«

»Es war das erste Mal, dass sie den Verstand verlor«, meinte Olga zu mir, und ihr Gesicht verriet, wie sehr sie sich insgeheim um Nahîl gesorgt hatte.

Am nächsten Morgen war Nahîl nicht mehr aufgewacht. Lang ausgestreckt lag sie in ihrem Bett, als ob sie schliefe.

Ich sehe Olga schwinden, doch mir fehlt die Kraft, ihr irgendetwas zu sagen. Noch einen Verlust könnte ich nicht ertragen. Es wäre zu viel für mich in einem Jahr.

Kurz bevor ich in den Libanon zurückkehrte, hatte mir Intissâr den Befund des Arztes zugeschickt, der Olga betreut, und dazu auch die Röntgenbilder, damit ein britischer Spezialist, Freund meines Mannes, sie einmal anschaute. Der Arzt erklärte, sie müsse mit der Chemotherapie beginnen. Olga aber sträubte sich gegen diese Behandlungsmethode. Immer wieder rief ich bei Intissâr an, um mich nach Olgas Befinden zu erkundigen. Nie hatte ich gewagt, sie selbst auf ihre Krebserkrankung anzusprechen. Als würden schlechte Nachrichten freundlicher und weniger grausam, wenn sie erst den Mund anderer Leute passierten, bevor sie mich erreichten.

Es fiel mir schwer, zu sehen, wie schrecklich mager Olga geworden war, wie sehr sich ihre Gestalt verändert hatte. Trotzdem überdauert ihr Bild, das ich kannte und liebte, zumal sie mit ihrer lebhaften Gestik und gepflegten Erscheinung die Hinfälligkeit ihres Körpers und die Blässe ihres Gesichts überspielt.

In meinen frühen Jugendjahren hatten wir zusammen in einem Bett geschlafen. Sie streckte ihre Hand nach mir aus und streichelte mich, überall. Von ihr habe ich gelernt, was Lust ist. Sie küsste mich auf den Mund und verlangte, dass ich sie genauso, wie sie es tat, wiederküssen sollte. Bei meiner ersten Beziehung mit einem jungen Mann, der ein Jahr älter war als ich, verliess ich mich auf mein Sexualwissen, das mir Olga vermittelt hatte. Immerhin hatte sie mir einige Instruktionen mitgegeben. Aber zu meiner grössten

Überraschung musste ich feststellen, dass ein Mann da unten ganz anders beschaffen war als Olga und ich!

Bevor sie sich schlafen legte, zog sie stets ihre Unterwäsche aus, so hatte sie es im Internat der Nonnenschule gelernt, die von einer französischsprachigen Oberin aus der Schweiz geleitet wurde. Sie berichtete mir dann von ihrer verrückten Oma, die nicht kochen konnte und jedes Essen nur mit Wasser und Salz zubereitet hatte. Sie sagte, Gewürze oder Kräuter an den Speisen habe sie erst kennengelernt, als sie nach dem Tod ihrer Oma bei Nahîl einzog. Da war sie gerade sieben Jahre alt.

Im Bett erzählte mir Olga auch die Geschichte von ihrer Geburt und vom Tod ihrer Mutter Myriam, nach der mich Nahîl genannt hatte, obwohl meine Mama mir einen anderen Namen geben wollte – Asmahân. Immer wieder schilderte Olga, wie sie von ihrer Oma aufgezogen wurde und wie diese vor ihrem letzten Atemzug meine Grossmutter gebeten habe, Olga bei sich wohnen zu lassen, auch wenn unsere Familie es sicher missbilligen würde, dass sie als Drusin ein Christenmädchen annahm. Wie gewöhnlich hatte meine widerspenstige Grossmutter auf niemanden gehört. Sie adoptierte Olga, die keine Angehörigen mehr besass, und schickte sie aufs Internat der Nonnenschule, damit sie die gleiche Bildung bekam wie jedes christliche Mädchen aus der Gegend.

Der tiefere Grund aber, dass Grossmutter trotz Altersunterschiedes und einer anderen Konfession so viel Anteil an Olga nahm und sie wie ihre eigene Tochter behandelte, geht auf eine frühere Geschichte zurück, die sieben Jahre vor meiner Geburt begann, eine Geschichte, die genauso alt ist wie Olga selbst. Während Myriam bei sich daheim mit ihrem Baby niederkam, lag meine junge Tante, die einen angeborenen Herzfehler hatte, mit dem Tode ringend im Krankenhaus und hauchte ihr Leben aus. Grossmutter stand auf der einen Seite neben ihrer Tochter, auf der anderen der Arzt, der Nahîl den Rat gab, sie nach Hause mitzunehmen, damit sie friedlich in ihrem Bett im Kreise ihrer Angehörigen sterben könne. Die junge Frau verlor das Bewusstsein, alle hielten sie bereits für tot. Doch kurz darauf kam sie noch einmal zu sich und sagte, sie habe eben gesehen, wie ihre Mutter sie an einem Ort, nicht weit von ihrem Elternhaus, zur Welt brachte. Sie habe sich selbst als ein kleines Baby gesehen, das aus einem engen, finsteren Tunnel herauszukriechen versuchte. Ja, für Augenblicke habe sie sich im dunklen Mutterleib hocken sehen!

»Beeilt euch«, stammelte die junge Frau erschöpft, »schmückt mich, kleidet mich an, meine Mutter kommt nieder! Meine Mutter bringt mich zur Welt, vom Kreuz an ihrem Hals tropft der Schweiss …« Danach fiel ihr Kopf zur Seite, und sie verstummte. In diesem Moment war allen Anwesenden klar, wer das Kind sein musste, das zur gleichen Zeit geboren wurde, als meine Tante starb. Denn ihr Tod trat ein, während Myriam mit Hilfe der Hebamme, die extra aus Alej herübergekommen war, bei sich daheim ein schönes Mädchen zur Welt brachte. Nur einen Tag darauf ging es auch mit Myriam zu Ende. Es hiess, sie sei an einer Vergiftung gestorben, weil sich die Nachgeburt nicht ablösen wollte. Unmittelbar nach der Entbindung aber hatte sie dem Mädchen noch einen Namen gegeben, halb bewusstlos schon, nannte sie es Olga. Für jeden, der an Reinkarnation glaubte, stand fest, dass meine Tante gestorben und wiedergeboren worden war.

Immer, wenn Weihrauch angezündet wird, muss Olga weinen. Frage ich sie nach dem Grund, antwortet sie mir, der Geruch tue ihrem Herzen weh. Sie ist überzeugt, dass Gerüche sogar Schmerzen bereiten können, die zum Tode führen, ja, dass Hamsa gestorben sei am Gestank des Verrats, seines Verrats an Nahîl. Olga muss auch weinen, wenn sie von Nahîl spricht. Sie schwört, Nahîl habe ihr anvertraut, dass sie Hamsas Untreue jedes Mal, wenn er von Geschäften nach Hause zurückkam, am veränderten Geruch seiner Haut und seines Atems erkannt habe. Und weiter habe Nahîl zu ihr gesagt, sie habe von Anfang an über seine Treulosigkeit Bescheid gewusst, es allerdings vorgezogen, ihn nicht zur Rede zu stellen. Sooft er von der Frau heimgekehrt sei, habe sie sich nur nach dem Eisverkauf und nach seiner Arbeit erkundigt und dann bloss gemeint, der Handel mit Eis sei doch heutzutage ein Verlustgeschäft – besser, er würde sich etwas anderes suchen.

Im überfüllten Warteraum der Klinik gab es an dem riesigen, mit Zigarettenkippen übersäten Tisch nur einen einzigen freien Stuhl. Ich überliess ihn Olga und stellte mich daneben, um mit ihr zu warten.

Ich wusste schon vorher, was der Arzt sagen würde, und mir war auch bewusst, dass eine Wunderheilung für Olgas Krankheit höchstens in Märchenbüchern vorkam. Trotzdem wartete ich darauf, wie er sich äussern würde, und starrte gespannt auf seinen Rücken, als er sich von uns abwandte, um die an einen hellen Lichtschirm geklemmte Röntgenaufnahme zu prüfen.

»Seit Jahren war ich nicht mehr in Duhûr al-Schuwair«, sagte Olga fast flehend. »Dort gibt's einen ehemaligen Gasthof, ein altes Gebäude, das die Besitzer zum Hotel umgebaut haben. Bringst du mich hin? Ich möchte so gern, dass wir am Wochenende zusammen hinfahren.«

Olga und ich haben nie über unsere Beziehung gesprochen. Diese Dinge zwischen uns beiden waren gleichsam von selbst gelaufen und bedurften keiner Worte. Ich hatte von ihr gelernt, wie man als Frau seine Kleider vor einem anderen Menschen ablegt. Im tiefsten Innern aber spürte ich immer, dass mein Verhältnis mit ihr etwas Provisorisches war, eine Zwischenstation auf dem Weg zu einer neuen, wirklicheren Erfahrung für mich. Als ich ihr das einmal gestand, lachte sie nur und umarmte mich. Ich hatte erwartet, dass sie mir erwidern würde: was ich mit ihr erlebte, sei ja das Allerwirklichste in meinem Leben! Doch sie sagte gar nichts. Allein ihr liebevoll-nachsichtiges Lächeln, mit dem man ein kleines Mädchen bedenken mag, war Grund genug gewesen, mich zu verunsichern. Viele Jahre sind seither vergangen, aber noch immer weiss ich, wie sich Olgas Haut auf meinen Lippen anfühlt.

»He, das ist Zauberei, nicht wahr?«, jubelte mir Olga in Werbespotmanier zu. »Bei Gott, die reine Zauberei!« Sie meinte ihre geliebten Gewürze, nach denen die ganze Wohnung duftete. Mit der linken Hand hob sie den Deckel vom Kochtopf auf dem Herd, mit der rechten rührte sie den brodelnden Inhalt um. Noch eine Prise Gewürzmischung darübergestreut, dann führte sie den Löffel zum Mund und kostete. »Hm ... herrlich«, rief sie, »das schmeckt!« Sie deckte den Topf ab und fing an zu singen. Mit einem langen

Blick sah sie mich an. »Deine Augen sind dieselben«, sagte sie, »genau wie damals, als du ein kleines Mädchen warst. Die werden nicht satt zu fragen. Als hungerten sie nach jeder Antwort, jedem Laut, jeder Bewegung, ob von Mensch oder Tier. Nie werden sie satt – wie geöffnete Lippen, die nach einem Tropfen Wasser lechzen.«

Ich packte Olgas letzte Laborbefunde zuunterst in den Koffer. Sämtliche medizinischen Papiere verstaute ich am Boden der Tasche und zog den Reissverschluss zu, als wollte ich nicht einmal daran denken, nicht wahrhaben, was über sie gekommen war. Unterwegs nach Duhûr al-Schuwair nickte Olga ein. Ihr Körper erschien mir schmächtig wie der einer Halbwüchsigen. Ganz dünn war ihr Haar geworden, und so schwach war sie, geradezu hinfällig.

Im Hotelzimmer begann sie mit zitternden Händen Stück für Stück ihre Kleider auszuziehen. Ich stützte sie, um ihr ins Bett zu helfen. Das Wetter war warm, die Fenster standen weit offen. Trotzdem regte sich kein Lüftchen, denn die Vorhänge klemmten und gingen nicht auf. Ich nahm die Tagesdecke fort, damit Olga sich ausstrecken und schlafen konnte. Für einen Moment fasste sie nach meiner Hand, zog mich dann ein wenig näher heran und deutete mir mit einer liebevollen Geste an, ich solle mich zu ihr legen. Sie schloss die Augen. Ich streifte meine Kleidung ab und warf sie auf das leere Bett neben dem Fenster. Als ich kurz innehielt und mich umdrehte, sah ich, dass Olga zu mir herschaute. Ich zog alles aus, was ich noch anhatte, nackt trat ich zu ihr ans Bett. Ich hob die Zudecke von der anderen Seite, und mit der innigen Vertrautheit zweier Menschen, deren Beziehung keine Trennung etwas anhaben konnte, schlüpfte ich neben sie.

Ein schwaches Lächeln flackerte über ihr Gesicht, als sie sich mir zuwandte. Unwillkürlich nahm ich sie in die Arme. Ihr nackter Körper war eiskalt trotz der Hitze, die Haut trotz ihrer Trockenheit geschmeidig. Ich rückte näher zu ihr, und je mehr ich herankam, desto deutlicher spürte ich, wie ihr Körper von pulsierender Wärme erfüllt wurde. Sie legte ihr zartes Gesicht an meine nackte Brust. Eine Zeitlang blieben wir so, bis unsere Atemzüge in einen synchronen, harmonischen Rhythmus fanden. Ich tastete mit der Hand über ihren Rücken, als würde ich sie neu entdecken. In diesem Moment konnte ich weder die Glätte ihres Körpers noch jene Augenblicke der Wärme zurückrufen, die mir in der Zeit unserer Trennung nie aus dem Kopf gegangen waren. Augenblicke, bei denen ich Zuflucht gesucht hatte, sooft Chris zu mir ins Bett gekrochen kam. Nun, da ich Olga wieder in meine Arme schloss, hatte ich das Gefühl, als wäre mir jede frühere Erinnerung, die mit uns beiden zusammenhing, abhandengekommen.

Ich lauschte ihrem Atem, der ruhig und regelmässig ging, und ich wusste, dass sie in einen kurzen Schlummer gefallen war, der schon bald von nächtlichen Schmerzattacken unterbrochen sein würde. Als wir in der Frühe erwachten, hielt ich sie noch immer im Arm. Ihr Körper schien mir klein wie der eines Kindes, das ich nicht geboren hatte.

»Und jetzt beginnen wir mit der Chemotherapie!«, sagte ich zu ihr und gab ihr einen Morgenkuss.

Ich warte auf Nour, und er kommt nicht. Ich weiss ja, dass er nicht in seinem Büro ist, ich weiss, er befindet sich irgendwo im Ausland. Trotzdem warte ich hier, seit Stunden schon. Sein Schlafzimmer, das mir sowieso nicht gefällt, ist einsam und kalt. Aber ich warte, und ich werde weiter warten, denn ich weiss auch, dass es mir unmöglich wäre, noch einmal hierher zurückzukehren, wenn ich durch diese Tür hinausginge, ohne ihn gesehen zu haben.

Also werde ich warten, das bin ich ihm schuldig für sein Warten auf mich. Mir ist, als würde die Luft im Zimmer knapp. Immerhin eine Erklärung für das Gefühl, ersticken zu müssen. Wenn mir schon vom Warten in seiner Wohnung, die uns beide vereint, so zum Ersticken zumute wird, was nützt dann alle Liebe? Sollte ich weggehen und abreisen, zurück nach Mombasa, zu einem Mann, den ich nicht mehr will? Oder warten auf einen anderen, der doch nicht kommt? Ich schiebe den Moment des Aufbruchs vor mir her und damit jeden Entschluss und jede Aktion. Verschiebe mein gesamtes Leben, einfach so, um die Wartefrist zu verlängern. Ich schreibe, verwässere meine Sehnsucht nach ihm durch Schreiben und löse sie auf im Vergessen. Ich schaue nach der Uhr meines Handys, das neben mir auf dem Bett liegt. Es wäre besser gewesen, mich nicht auszuziehen. Zu einsam ist meine Nacktheit, ich ertrage sie nicht. Nackt in einem halbnackten Raum, die ganze Welt draussen und ich allein, auf ihn wartend. Ich weiss nicht, warum ich gerade jetzt daran denken muss, was mir Georges bei unserem Telefongespräch in der Nacht vor meiner Abreise nach Australien mit seiner warmen Stimme und irgendwie melancholisch gesagt hatte: »Das Schönste an dir ist: Du bist anwesend und doch nicht fassbar, eben soft. Du kannst heftig sein und dabei so zart, sehr energisch und sehr zärtlich, stark und nachgiebig zugleich. Du schenkst ohne Schwäche, das ist deine Dialektik. Du machst es einem Mann nicht leicht, deinen Code zu knacken.« Hatte er alles, was er über mich dachte, so in einem Atemzug ausgesprochen, weil er spürte, dass wir uns nie wiedersehen würden? Jetzt schreibe ich auf, was Georges gesagt hat, und denke doch allein an Nour, der immer rätselhafter erschien, je näher ich ihm kam, immer verschlossener, je intensiver ich seinen Körper erkundete. Ich habe solche Sehnsucht nach dem Duft seiner Haut.

Nour erträgt es nicht, längere Zeit an einem Ort zu verweilen. Vielleicht hat er die Idee vom Recherchieren nach den Wurzeln bloss erfunden, um ständig mobil zu sein, um herumzureisen. Seine rastlose Suche verstört mich, und genauso seine Abwesenheit. Er forscht nach seinen Wurzeln und glaubt, damit etwas Greifbares zu bekommen. In Wahrheit greift er nur nach den Schatten der Vergangenheit, nach seinen Fiktionen. »Ich gehöre nicht hierher«, sagt er zu mir. »Ich will zurück in mein Land.« Aber besitzt denn überhaupt jemand eine Heimstatt? Erschaffen wir uns nicht selbst unser Daheim? Womöglich hatte Chris ja recht, wenn er meinte, man brauche nicht viele Gründe, um einen Ort zu lieben und ihn Heimat zu nennen.

Nour ist zurückgekehrt, um seine Wurzeln zu suchen, und als er sie nicht fand, beschloss er, wieder wegzugehen. Ich dagegen sehe mich mehr und mehr in der Warteschleife versinken. Wennschon!, denke ich. Von neuem werde ich lernen, loszulassen und in Frieden weiterzuziehen. In Frieden? Das wäre jetzt das passende Wort. Frieden in meinem

Innern, in meinem Leib, der bei jedem Gedanken an ihn erschauert. Dort drinnen existiert ein komplettes Eigenleben, über das ich so gut wie keine Macht habe, genährt aber wird es von Liebe.

Bei unserer letzten Begegnung war ich in seine Wohnung gekommen. Ich bemerkte ihn erst nicht, auch nicht seinen Koffer, doch ich spürte, dass er da war. Er musste im Schlafzimmer sein. Als ich den Vorhang am Fenster aufzog, sah ich ihn draussen sitzen, auf dem winzigen Balkon, der nicht einmal Platz für zwei Personen bietet. Er trug noch seine Sonnenbrille und versuchte immer wieder, sich eine Pfeife anzuzünden. Er starrte mich an hinter der Brille und lächelte, während er sich vergeblich weiter mühte, die Pfeife anzurauchen. Er verhielt sich, als wollte er seine Wirkung an meinem Gesicht testen, den Eindruck seiner perfekten Erscheinung und vorsätzlichen Kälte ablesen von meinen Augen, meinem Körper. Ich ging hin und nahm ihm die Brille ab, ich sehnte mich nach seinen Augen. Sehnte mich nach jener Erregung, die mich versengte, sooft ich seinen Blick sah. Ich weiss nur zu gut, dass ich ihn inzwischen mehr brauche als er mich und dass er die Beziehung mit mir in all die Kalkulationen eingebaut hat, die sein Leben umfassen, seine Arbeit, seine Bindung an den Ort, an Frauen, die Rückkehr in die Heimat, die Suche nach den Wurzeln. In alldem hat er mir einen Platz zugestanden und mich darin eingepasst. Ein enges, begrenztes Plätzchen.

Hier sitze ich nun und warte. Immer und immer warten. Dabei habe ich noch den Geschmack vom vorigen Mal im Mund. Zwei Wochen ist es her, dass ich im Café Wimpy auf ihn wartete. Auf einen Anruf wenigstens, mit dem er mir mitteilte, dass er zurück sei in Beirut, dass unser Zimmer mich erwarte, dass auch er auf mich warte. Er hatte gesagt, in zwei Tagen käme er wieder, doch er kam nicht. Eine Stunde wartete ich in dem Café, zwei Stunden, drei. Wartete auf ihn, länger und länger.

Das Wimpy füllt sich, das Wimpy leert sich. Einsam hocke ich auf einem Stuhl an der kalten Frontscheibe. Wie eine vergessene Schaufensterpuppe. Zwanzig Uhr dreissig, Zeit für sein Abendessen. Die Zeit vergeht, zehn Uhr abends, und er hat noch nicht angerufen. Der Kellner streicht um mich herum. Ich bin der einzige Gast, der bis zweiundzwanzig Uhr ausharrt. In den Cafés und Restaurants von Solidere beginnt jetzt das Leben und Treiben, aber in dieser Gegend, und besonders in der Hamrastrasse, wird um zehn dichtgemacht, hier ist Feierabend.

Von meinem Platz aus sehe ich das ehemalige Café Modka, nunmehr eine Filiale von Vero Moda mit einem breiten Logo von Jack & Jones. Ich überlege, was wohl geschähe, wenn ich meinen orange-weissen Stuhl hinaus auf den Gehsteig am Wimpy tragen und mich genau vor der Tür des geschlossenen Vero-Moda-Geschäfts niederlassen würde. Jeder, der mich dort sitzen sähe, würde mich garantiert für übergeschnappt halten. Ein Ort zum Verweilen hat sich in einen Ort der Betriebsamkeit mit Käufern und Schaufensterbummlern verwandelt, da wäre es befremdlich, seinen Stuhl aufs Trottoir davor zu stellen. Niemand platziert sich vor eleganten Boutiquen – höchstens vor den superteuren, die haben sogar einen extra Türsitzer, der den Kunden am Eingang das Gepäck abnimmt, ihre Einkaufstüten, die sie von anderen Läden mitbringen. Was er übrigens auch nur tut, um zu verhindern, dass sie im Geschäft heimlich etwas einstecken, wenn der Inhaber gerade nicht hinsieht.

Warum bin ich noch hier?, frage ich mich. Weshalb ist er nicht gekommen? Wieso klingelt mein Handy nicht? Ich habe es ganz leise gestellt, damit es keiner ausser mir hören kann. Bestimmt wissen alle, dass ich jetzt schon seit über drei Stunden auf jemanden warte und deswegen nacheinander einen Saft, einen Tee, einen Kaffee, ein getoastetes Käsesandwich bestellt habe. Auch eine Schachtel Gitanes blondes hatte ich verlangt.

Der Kellner bedauerte, leider – sie hätten nur Marlboro vorrätig, Red oder White. Ich entschied mich für White. Dreizehn Zigaretten rauchte ich so weg, dann hörte ich auf. Die letzten sieben behielt ich vorsorglich für den Rückweg zu meinem Appartement in der Makhûlstrasse und als Notreserve für die Nacht.

Was soll ich machen, wenn ich da ankomme? Am besten in die Wanne legen und ein heisses Bad nehmen. Vor allem raus aus diesen Klamotten, die ich stundenlang anprobiert und gewechselt hatte. Als ich wegging, hatte ich sämtliche aus dem Schrank gerissenen Sachen einfach auf dem Bett liegen lassen. Wie viel Zeit ich wohl brauchen würde, um sie wieder aufzuhängen. Aber ich bin so schrecklich müde, heute Nacht könnte ich nichts mehr wegräumen. Ich kann jetzt überhaupt nichts mehr tun, ausser warten. Schreibend warten. Sorgenvoll warten. Schweigend warten.

Wann endet dieser Albtraum? Wann werde ich die Angelegenheit mit dem Haus abschliessen können und zurückkehren? Per Fax hatte man mir mitgeteilt, es dauere nicht länger als einen Monat, dann sei alles geregelt. Jetzt bin ich schon neun Monate hier, und ich warte immer noch.

Ich erwache von einem Geräusch, das ich im selben Moment vergessen habe. Ich weiss nicht, was es war, bin mir aber sicher, dass es irgendein Ton gewesen sein muss, der mich aufstörte, obwohl ich mir die Ohren wie üblich mit Wachskügelchen zugestöpselt hatte, um die Laute der Welt auszublenden. Trotzdem sind sie zu mir durchgedrungen und haben mich geweckt. Ich rappele mich hoch und versuche, die Beine über die Bettkante zu schieben und aufzustehen. Es geht nicht. Ich drehe mich zur Seite, schaue nach der Uhr des Handys neben mir auf dem Tisch. Sieben Uhr morgens. Und zweimal die Anzeige *missed call.* Ich überprüfe die Nummern, ein Anruf war von Chris, nachts um halb zwei, der andere von Nour um vier Uhr früh. Was für Zeiten! Gestern kam kein Lebenszeichen von Nour, keine Entschuldigung, warum er sich nicht an die Verabredung gehalten hatte, und jetzt sehe ich, dass er mich morgens um vier Uhr anrufen wollte! Der denkt wohl, dass ich die ganze Nacht auf ihn warte?

Wieder versuche ich, das Bett zu verlassen, fühle mich ausserstande. Neuer Versuch. Nicht zu schaffen. Ich muss gelähmt sein.

»Ich habe nichts, was ich dir geben könnte«, hatte ich bei unserem letzten Rendezvous zu ihm gesagt. »Nichts ausser meiner Liebe.« Er antwortete, das wäre schon viel zu viel für ihn, und womöglich sei es ja mein Pech gewesen, ihm zu begegnen.

O nein, dachte ich, ein bisschen Glück war auch dabei. Erwidert habe ich nichts.

Drei Wochen später kreuzte er bei mir auf … Wir assen zusammen zu Mittag, danach verabschiedete er sich. Er meinte, er müsse noch ins Büro gehen, um seine E-Mails abzurufen und zu lesen. Seit vierzehn Tagen wartete ich nun auf ihn. Er hatte versprochen, höchstens eine Woche wegzubleiben, aber seine Reise zog sich hin wie eine ganze Ewigkeit. Als er endlich wiederkam, verkniff ich mir jede Bemerkung. Nicht die Andeutung eines Vorwurfs wollte ich machen. Ich wollte nur eins: dass wir uns auszogen und unseren Körpern das Reden überliessen. Doch nichts dergleichen geschah. Zu müde war er, zu schläfrig. So begann auch ich abzukühlen, und meine Sehnsucht schrumpfte auf die Leidenschaft einer Phlegmatikerin. Als ich ihn verliess, war ich nicht einmal wütend, bloss traurig, und etwas wie ein leiser Schmerz nagte in mir – Seelenweh.

Ich ging zurück in mein Appartement, um zu baden. Um die Spuren einer traurigen Enttäuschung abzuspülen von meinem Körper. Kaum eine halbe Stunde war vergangen, da klopfte es an meine Tür. Ich wusste, dass er es war. Ich stand noch unter der Dusche. Das Gesicht voll Seifenschaum, Haut und Haar tropfnass, tappte ich hinaus. Ich öffnete ihm die Tür und eilte wieder ins Bad. Er zog seine Sachen aus, folgte mir. Stellte sich einfach zu mir unter die Dusche, und wir umarmten uns … ein feuchtes Liebesspiel und der Vorgeschmack von Paradies.

Etwas Dramatisches liegt in seinem Blick, wenn er in mich eindringt. Schaue ich ihn an, schliesst er verlegen die Augen. Ich sage, er soll sie aufmachen und mich ansehen … mein Gesicht, meinen hingegebenen Körper unter ihm. Meinen Körper, der sich aufbäumt unter dem seinen, unter seinen Augen, seinem Begehren. Eine sachte Regung von mir, und seine Lust hält inne … sein Körper nimmt sie wahr, wird sanfter in seiner rhythmischen Bewegung, er wartet auf mich, wartet, bis meine Spannung sich verdichtet, sich zusammenballt zu einer einzigen grellen Sekunde, dann weiss er, dass ich angelangt bin … Er erkennt es an den Muskeln meines Gesichts, die sich entspannen unter seinem Blick, an meinem allmählich trägeren Zucken und abflauenden Stöhnen, das in einem langen, tiefen Ausatmen verebbt. Er sehe es am Glanz meiner Augen, sagt er, und an der Tönung meiner Haut, ich hätte so viele verschiedene Nuancen, beschreiben könne er sie nicht. Nur erfühlen.

Wieder sassen wir in dem Café, das Teil unserer Beziehung geworden war. Er sagte, nächste Woche kehre er zurück nach Amerika. Menschen, die wir liebten, weilten so lange bei uns, in uns, bis wir imstande seien, ihren Verlust zu ertragen. Er werde aber nicht bei mir verweilen bis zu diesem Zeitpunkt, dem Zeitpunkt der Erträglichkeit des Verlustes. Jedes Mal erlebte ich ein Abschiedsfest, wenn sein Körper in meinen eindrang. »Ich möchte, dass du bleibst«, sagte ich voller Angst. Angst vor seinem Verlust, den ich herannahen sah. Und ich fügte hinzu: »Ich weiss ja, das Leben geht weiter, auch wenn du nach Amerika zurückgehst. Es ist wahr, ich möchte, dass du hierbleibst, bild dir aber nicht ein, dass ich darum kämpfe.« Meine Worte waren reiner Selbstschutz, ich hatte gelogen. Er liess mich sitzen und ging. Einsam hockte ich auf meinem Stuhl. Der Kaffee in meiner Tasse war kalt geworden, und ich begann zu weinen.

Ich kam, einen Mann zu suchen, der unauffindbar war, und einen anderen liess ich hinter mir wie eine Frau, die auf grosse Fahrt geht. Später, wenn sie zurück ist, erinnert sie sich daran. Ich werde mich an die Reise erinnern, aber nicht mehr als dieselbe, die ich einmal war. Nie mehr werde ich die Frau sein, die ich einmal gewesen bin, denn jene Reise war nicht nur Erinnerung ... sondern ein anderes Leben.

Nour holte mich ab, um mit mir in den Süden zu fahren, wo wir unser letztes gemeinsames Wochenende im Orange House verbringen wollten, einer kleinen, von zwei Frauen betriebenen Familienpension. Es hat eine Weile gedauert, bis ich aus meinem Appartement herunterkam, ich musste erst noch Koffer packen. Nach dem Aufwachen hatte ich es glatt vergessen. Er wartete auf mich im Auto vorm Haus. Von weitem sahen seine Augen aus, als sei er nahe daran, die Hoffnung zu verlieren. Während ich auf ihn zuging, fühlte ich plötzlich etwas anderes, etwas Neues. Wie wenn ich mich bereits abgefunden hätte mit seiner zweiten Auswanderung nach Amerika. Es ist so weit, dachte ich, diesmal wartet er auf mich. Als würde sich Warten aus sich selbst heraus nähren und so Tag für Tag regenerieren – ganz gleich, wer von uns wartet.

»Liebe ist etwas Wunderbares, aber sie ändert die Menschen nicht.« Er redet auf mich ein, während wir am Sandstrand vor dem Orange House auf und ab gehen. Hohe Wellen schlagen gegen die Zementmauer, ihre Gischt spritzt mir ins Gesicht, auf den Hals.

»Liebe ist wunderbar!«, beteuert er noch einmal mit einem Lächeln, das nicht überzeugt ist von seinen Worten. Ja, Liebe ist etwas Wunderbares, sinniere ich für mich, aber sie ändert die Menschen nicht. Wie es scheint, Myriam, hast du wieder voll auf die Liebe gesetzt und deinen Einsatz verspielt.

Beinah hätte ich zu ihm gesagt: Dann rette doch, was wir zusammen erlebt haben! Mit leiser, kaum hörbarer Stimme spreche ich die Worte vor mich hin. Spreche sie aus, ohne dass meine Augen etwas erhoffen. Spreche sie womöglich nur, um wenigstens eine kleine Bindung zwischen uns zu bewahren. Ich weiss, dass er mich weder hören wird noch etwas für uns tun kann. Und weiss auch, dass er nie nach seinen Wurzeln gesucht hatte, sondern nach einem rettenden Strohhalm. Schliesslich sage ich gar nichts. Ich denke an Nahîl, die von uns gegangen ist, und daran, was sie Olga in ihren letzten Tagen anvertraut hatte: »Es gibt Dinge, die muss man nicht sagen. Wie zwei Augen sind sie, einfach und klar.«

Eine grosse Welle rollt gegen das Ufer, wo wir entlanggehen, und sprüht ihren Regen über mein Haar und mein Gesicht. Meine Lippen schmecken nach Salz. Mag sie noch so salzig sein, ich öffne meinen Körper der Woge. Öffne mich dem Leben selbst, mit aller Kraft, und allem Verlust zum Trotze.

Wenn wir abreisen, sterben wir einen kleinen Tod. Wir sterben in Frieden, und genauso müssen wir abreisen, in Frieden. Abschied ist nicht nur ein kleiner Tod, er bedeutet auch Rückkehr zu unserem Selbst, das wir vergassen im Überschwang der Leidenschaft.

Ich bin frühzeitig aufgewacht, ich laufe hinunter an den Strand, um für mich allein umherzuschlendern. Am liebsten wäre ich hinaus ins tiefe Wasser gegangen, vielleicht würden die schweren Gefühle weichen, die seit gestern auf mir lasten. Ich denke daran, was Nour am Abend zu mir gesagt hat: dass er wegmöchte, zurück nach Amerika, um Bilanz zu ziehen über die Empfindungen, die ihm noch geblieben seien. Ich frage mich, ob es nicht eher Reste von Emotionen sind, für die er kein Ventil finden konnte. »Leftovers of emotions!« Hat er den Libanon nur besucht, um sich davon zu befreien?

Das orangefarbene Haus blickt hinaus auf ein Meer, in dem man wegen der vielen verstreuten Riffe kaum schwimmen kann. Ich will aber schwimmen. Ich will auch die Meeresschildkröten sehen, die am Ufer Zuflucht und Versteck für ihre Jungen finden. Ich wate weiter ins Wasser, es wird schwierig, das Gleichgewicht zu bewahren. Sobald ich es mit Schwimmen probiere, wirft mich eine mächtige Woge gegen die Felssteine. Mein Körper schlägt auf, mein Bein wird zerschrammt. Eine zweite Welle packt mich, eine dritte. Wieder versinke ich ins Bodenlose, und eine noch gewaltigere Woge schleudert mich gegen andere Felsen. Ich strebe weg, doch es geht nicht. Unermüdlich versuche ich mich zu entspannen, meinen Körper ruhig zu halten, wie ich es im Jogakurs gelernt habe. Als ich dem Meer entkomme, habe ich überall Prellungen, am Rumpf, an Armen und Beinen. Ich falle in den Sand, momentlang habe ich das Gefühl, nicht mehr laufen zu können. Mühsam rappele ich mich hoch, und es gelingt, ich stehe aufrecht, trotz der Schmerzen.

Ins Zimmer zurückgekehrt, sehe ich, dass Nour noch schläft. Ich gehe ins Bad, spüle das Salz von meiner Haut. Ich finde die Verletzungen jetzt röter als zuvor.

Alles tut mir weh, die zerschundenen Beine, die geschwollenen Arme. Ich betrachte meinen Körper in dem riesigen

Spiegel, der über die gesamte Badwand reicht, und denke bei mir, dass ich mit diesem Bild viel besser zu Beirut passe.

Ich ziehe eine weite, langärmelige Bluse an. Ich hinterlege Nour einen kleinen Zettel, und ungeachtet meiner Beschwerden suche ich das nahe Café auf, um zu frühstücken.

Nicht lange, und er kam nach, setzte sich mir gegenüber. Auf die Tischkante gestützt, beugte er sich zu mir. Es sah aus, als packte er sein ganzes Gewicht auf diese Platte, als wollte er sie wegdrücken oder wie auch immer diesen kleinen Abstand zwischen unseren Körpern überwinden. Er sagte, seine Träume seien geschrumpft im Libanon, und bevor er herkam, sei er optimistischer gewesen. Er sagte auch, er führe ein anormales Leben, wie an einem Haar über dem Wahnsinn baumelnd, und dauernd stelle er sich vor, dieses Haar könnte im nächsten Augenblick reissen. Nur das Glück habe ihn bisher davor bewahrt. Er hob seine Kaffeetasse und trank einen Schluck, dann fügte er hinzu: »Oder vielleicht war es ja mein Pech, dass dieses Haar nicht gerissen ist.« Er redete, als wollte er sich für irgendetwas entschuldigen. Ich musterte seine graumelierten Strähnen, die ihm ins Gesicht fielen. Wie ein kleiner Junge mit vorzeitig ergrautem Schopf sah er aus.

Auf dem Display meines Handys erschien eine SMS von Olga. »Sei glücklich«, las ich. Und ich sagte es ein paarmal vor mich hin – sei glücklich. In diesem Moment fasste ich einen Entschluss: Ich werde nicht nach Mombasa zurückgehen, ich kehre nicht zurück zu Chris.

Als ich vom Display aufblickte, sah ich Nour mit den Zigarettenkippen im Aschenbecher herumspielen. Er wirkte gedankenverloren, melancholisch.

Auf der Fahrt vom Süden nach Beirut schlief ich die meiste Zeit. Nour sass schweigend am Steuer, er hatte keine Lust zu reden.

Am frühen Abend rief er mich an, gerade als ich mit Olga nach Hause kam. Seit fünf Tagen hatte ich ihn nicht gesehen. Ich hatte Olga zu ihrer Chemotherapie in die Klinik begleitet. Erschöpft, wie ich war, reagierte ich nicht auf seinen Anruf. Er schickte mir eine SMS, bat um ein letztes Rendezvous. Am folgenden Morgen werde er nach Chicago abreisen.

Ich schrieb ihm zurück: »Have a nice trip back home!«

PS: Zur Erleichterung der Aussprache arabischer Namen wurden in der Übersetzung betonte lange Silben mit einem Zirkumflex (^) versehen.

Nachwort

»Nomadin!«

Mit einem Wort antwortet Iman Humaidan auf die Frage nach ihrem wichtigsten Charakterzug.* Fernweh, Auswandern und Reisen sind ihr von klein auf vertraut. Später rücken diese Themen in den Mittelpunkt ihrer Romane, und die Koffer werden zur Metapher für Aufbruch, aber auch für Trennung und Verlust.**

»Ich bin aufgewachsen in einer Familie mit vielen Kindern und vielen Reisekoffern, die bei jeder Heimkehr geleert und vor jeder Abfahrt neu gefüllt wurden. Ich wurde geboren, nachdem einer meiner Brüder ausgewandert war, ich lernte ihn erst als Zehnjährige kennen. Auch mein Onkel war nach Lateinamerika gezogen, und er starb dort, ohne dass ich ihn gekannt hatte. Meine Schwester war zum Studium in die USA gegangen, als ich noch nicht einmal zwei war. Ich traf sie acht Jahre später, und sie erzählte mir, ich hätte mich weinend in ihren grossen Koffer gesetzt und sie angebettelt, mich mitzunehmen. Die Geschichten von Emigration und Reisen faszinierten mich seit meiner Kindheit, und all das wurde dann deutlich in meinem Schreiben.«

Dieses »Nomadisieren« kann als typisch für den Libanon gelten. Allerdings entstand sein sprichwörtliches Weltbürgertum nicht immer freiwillig. Frühe Auswanderungswel-

* Questionnaire de Proust à Iman Humaydan Younès. In: *L'Orient Littéraire,* 7.10.2010.

** Zu Leben und Werk vgl. die Nachworte von Hartmut Fähndrich zu ihren Romanen *Wilde Maulbeeren* (Lenos 2004) und *B wie Bleiben wie Beirut* (Lenos 2007).

len setzten unter der repressiven osmanischen Herrschaft bereits Mitte des neunzehnten Jahrhunderts ein, und sie dauern, durch neue wirtschaftliche und politische Zwänge bedingt, bis in die Gegenwart an.* Unmöglich, Iman Humaidans Biographie von ihrem Werk und beides vom zeitgeschichtlichen Hintergrund zu trennen – all den grossen und kleinen Kriegen und insbesondere dem verheerenden Bürgerkrieg von 1975 bis 1990, der Abertausende Libanesen in die Emigration trieb. Sie war gerade neunzehn Jahre alt, als er ausbrach, und bis heute prägt er ihr Schreiben. Ihre Werke sind eine unermüdliche Abrechnung mit Krieg und Gewalt. In arabischen Medien nannte man sie »eine Doña Quichotte gegen die Windmühlen des Krieges«.

In ihrem dritten Roman *Andere Leben* ist der Bürgerkrieg beendet, auf Flucht und Exil folgt nun die Rückkehr. Die Libanesin Myriam, wie die Autorin 1956 geboren, fliegt im Sommer 1995 wegen einer Erbschaft von Kenia zurück nach Beirut. Während ihrer fünfzehnjährigen Abwesenheit hat sich die Stadt verändert. Äusserlich betrachtet, erscheint es faszinierend, mit welcher Vitalität sich die libanesische Gesellschaft nach dem Krieg erhebt und neu erfindet, wie schnell die Zerstörungen beseitigt wurden. Doch mit verfremdetem Blick erkennt Myriam hinter Bauboom und Gründereuphorie auch Mechanismen der Verdrängung und

* Da im Libanon seit 1932 kein Zensus erfolgte, beruhen alle Bevölkerungszahlen auf Schätzungen. Demnach hat der Libanon 4,8 Mio. registrierte Einwohner, davon 3,6 Mio. dauerhaft im Land lebend (Auswärtiges Amt, Juni 2012). 1987–1996 emigrierte ein Fünftel, 1997–2002 fast ein Zehntel der erwachsenen Bevölkerung (ÖIF-Dossier Sept. 2009, S. 28). Exilländer waren v.a. die USA, Kanada, Australien sowie Staaten in Lateinamerika und Afrika.

die Angst, durch eine kritische Vergangenheitsdebatte die alten, unter der Oberfläche schwelenden Konflikte wieder zu entfachen.

Iman Humaidan bricht dieses gesellschaftliche Tabu des Verschweigens. Hartnäckig stellt sie Fragen nach den Ursachen des Krieges und erkundet seine Langzeitwirkungen.* Myriams Rückkehr nach Beirut wird damit zu einer Zeitreise, die nebenher ein Stück libanesischer Geschichte erhellt und ein vielschichtiges Bild der Nachkriegsgeneration zeichnet. Es geht um kontroverse Positionen von Auswanderern und Daheimgebliebenen, um körperliche und psychische Verletzungen, aber auch um das kulturelle Gedächtnis, als dessen Teil sich der Einzelne begreift. Es geht um die Bereitschaft zu historischer Aufarbeitung und letztlich um den Weg, den der Libanon in Zukunft nehmen soll.

Mit jedem ihrer inhaltlich verbundenen Romane aktualisierte und erweiterte Iman Humaidan in gleichsam konzentrischen Kreisen den Handlungsraum. *Wilde Maulbeeren*** begann vor dem Bürgerkrieg in einem kleinen drusischen Bergdorf, *B wie Bleiben wie Beirut* spielte während des Krieges in der Hauptstadt, und *Andere Leben* dehnt diesen Raum in der Nachkriegszeit über Kontinente aus, bis nach Australien und Afrika. Die Route verläuft geographisch im Uhrzeigersinn, und ihr Ziel ist Beirut – ein Sehnsuchtsort. Der Ro-

* 2006 erarbeitete Humaidan eine Studie über libanesische Familien mit verschollenen Angehörigen. In 35 Befragungen stellte sie fest, dass sich traumatisierte Opfer kriegerischer Gewalt in Kreis- bzw. Spiralform erinnerten. Nach dem Bürgerkrieg 1975–1990 galten 20 000 Menschen als vermisst.

** Humaidan begann zunächst an *Wilde Maulbeeren* zu schreiben, unterbrach jedoch den Roman nach dem Tod ihres Vaters und stellte zuerst *B wie Bleiben wie Beirut* fertig.

man kann auch als eine Suche nach dem verlorenen Ort mit seinen verlorenen Menschen gelesen werden. Fast scheint es der Autorin, »als wäre Myriam zurückgekehrt, um die Personen der beiden vorangegangenen Romane zu besuchen«. Doch die Erzählerin ist nicht mehr dieselbe, die Stadt und die Freunde sind verändert. So beschreibt ihre Reise keinen Kreis, der sich an seinem Ausgangspunkt schliesst, sondern eine Spirale, die bei all ihren Drehungen, seien sie vorwärts oder rückwärts gerichtet, immer offen bleibt.

Iman Humaidan entwirft auch in diesem Roman einen differenzierten weiblichen Kosmos. Alle ihre Protagonisten sind Frauen und sprechen in der ersten Person. Die Problemfelder wirken vertraut: Befreiung von zugedachten Rollen und Klischees, Hinterfragen sozialer Standards und das Bekenntnis zu sich selbst. Drei Generationen werden aus der Sicht der Ich-Erzählerin in ihrer jeweils historisch geprägten Identitätssuche gezeigt: Grossmutter Nahîl, die den Dorfmädchen erste Bildungschancen eröffnet, die sich über soziale Normen hinwegsetzt und dennoch in einer patriarchalischen Gesellschaft der männlichen Stütze bedarf. Nadia, die Mutter, die dem Grauen des Krieges, aber auch fortwährender Bevormundung mit Schweigen begegnet und sich schliesslich um den Preis der arabischen Sprache nur noch in Englisch äussert. Und die Tochter, Myriam, die als Autorin in männliche Domänen vordringt, die sich die geraubte »Mutterschrift« zurückerobert und selbst über ihr Leben entscheidet. Allein im Schreiben überwindet sie ihre chronischen Zweifel und findet Gewissheit.

Erzählen gilt Iman Humaidan als eine zutiefst weibliche Kunst. Scheherazade, das ewige Sinnbild, habe jedoch nicht

nur ihr Leben retten, sondern vor allem das Kräfteverhältnis der Geschlechter verändern wollen: »Durch ihr Erzählen wurde sie die Stärkere und ergriff den Schlüssel des Spiels.«*
Während des Bürgerkrieges meldeten sich so viele libanesische Autorinnen wie nie zuvor zu Wort. Sie durchbrachen literarische Traditionen und feste Regeln, erprobten neue Themen und Stilmittel. Humaidan erklärt dieses Phänomen unter anderem damit, dass »der Krieg jene herrschenden Werte, die Schweigen als einen Vorzug erachteten, zerstört hat. Diese Zerstörung erlaubte abweichenden Stimmen, vor allem den Stimmen von Frauen, hervorzutreten und anders zu schreiben. Vielleicht gibt es noch weitere Gründe für das Schreiben – als kleinsten wohl den Wunsch, sich zu äussern und zu protestieren.«

Iman Humaidans so sanfte wie eindringliche Stimme ist unter ihnen deutlich herauszuhören. Ihr »nomadisierendes« Erzählen erfasst nicht nur die Handlung, sondern auch die Struktur und Sprache. *Andere Leben* wurde als »Roadstory« bezeichnet, das Hasten zwischen Erinnerungssplittern mit dem Zappen beim Fernsehen verglichen. Humaidan kommt es weniger darauf an, was, als vielmehr, wie etwas gesagt wird, wie ein Ereignis für die Figuren zur Erfahrung wird und wie sie diese zum Ausdruck bringen. Verdichtet, oftmals rhythmisch, blitzen Passagen auf, die an Poesie erinnern und doch frei sind von funktionsloser Wortspielerei. Ihre Zeitsprünge korrespondieren mit einer Parallelität der menschlichen Gefühls- und Gedankenwelt, in der sich Vergangenheit und Gegenwart tatsächlich vergleichzeitigen. Chronologisches Erzählen langweilt die Autorin, sie

* Interview mit Iman Humaidan. In: *middle east online,* 25.2.2011.

folgt einer inneren Logik des Geschehens, die nichts mit zeitlichen Abläufen zu tun hat: »Die Reihenfolge halte ich für zweitrangig, ich stelle sie später her. Stärker als die Zeit drängen sich mir die Bilder auf, auch die Befindlichkeiten der Personen.«*

Andere Leben – der Titel bezeichnet private und gesellschaftliche Alternativen, die sich der Protagonistin im Wandel der Zeiten und Orte eröffnen. Er verweist auf andere Menschen mit anderen Lebensläufen und stellt ihre eigene Biographie, die so vielfältig erscheint, als lebte sie mehrere Leben, in grössere Zusammenhänge.

Iman Humaidans Roman verbindet die Fragen einer »Nomadin« in der Mitte des Lebens mit dem Nachdenken über ihr Land, das seinen Weg sucht. Halbzeit mit offenem Finale, eine Zwischenbilanz ohne Happy End und dennoch voller Hoffnung: »Ich möchte für die Frauen in *Andere Leben* wie auch für die meiner beiden früheren Romane, dass sie in einer anderen Zeit und an einem anderen Ort ausserhalb von Krieg leben, und ich glaube daran, dass sie das einmal können werden.«

Regina Karachouli

* Iman Humaidan, »Der erste Satz«. In: *Kitâbat al-kitâba. Nusûs fi l-ibdâ'*. Hg. I. H., Beirut 2010, S. 114.
Weitere Zitate der Autorin sind einem Interview in der Zeitung *al-Safîr* (Beirut, 28.1.2011) entnommen.

IMAN HUMAIDAN IM LENOS VERLAG

B wie Bleiben wie Beirut
Roman aus dem Libanon
Aus dem Arabischen von Hartmut Fähndrich
224 Seiten, broschiert
ISBN 978 3 85787 748 3
Lenos Pocket 148

»*B wie Bleiben wie Beirut* zeichnet die Spuren nach, die der Krieg in den Menschen hinterlassen hat. Im Originaltitel steht das B auch für *beit* (arabisch: Haus). Ein Haus, das mit seinem Mikrokosmos als Bild für das ganze Land gelesen werden kann, als Bild auch für die beschädigte und prekär gewordene Heimat.«
Neue Zürcher Zeitung

Iman Humaidan im Lenos Verlag

Fünfzig Gramm Paradies
Roman aus dem Libanon
Aus dem Arabischen von Regina Karachouli
267 Seiten, gebunden, mit Schutzumschlag
ISBN 978 3 85787 478 9

»Humaidan zeichnet ein aufschlussreiches Psychogramm vom Leben in Beirut nach dem Krieg. Und so geschickt, wie sie Erzählstimme, Tagebuchnotizen oder die inneren Monologe der drei Frauen verknüpft, gelingt ihr ein überzeugendes Bild davon, wie die Schicksale der Menschen, wie Gegenwart und Vergangenheit in der Region unauflöslich verknüpft sind.«
Deutschlandradio Kultur